Чухлашка

Николай Вагнер

СОДЕРЖАНИЕ

ЧУХЛАШКА

I

Случилось это в очень тяжелый год. Была холера. В нашем городе все ее боялись: город был большой, и грязи в нем было много, даже слишком.

И вот среди этой грязи в один пасмурный холодный день, на самой грязной, топкой улице появилась девочка лет восьми — десяти. Откуда она явилась? Никто этого не знал, да и узнать не мог, как она очутилась на дощатом поломанном тротуаре подле длиннейшего забора.

Девочка была оборванная, растрепанная, грязная; но сквозь грязь и отрепья можно было разглядеть бледное личико с пухлыми губками и застывшей недоумевающей улыбкой. Но всего необычнее были у девочки глаза — большие, ясные, голубые. И смотрела она этими глазами на всех прямо, не жмурясь и не опуская их. На голове — рваный платочек, из—под платка выбивались длинные, шелковистые космы русых волос, да такие густые, что можно подумать, будто под платком у нее надета шапка.

Прежде всех девочку заметила Трофимовна, одинокая баба, толстая, болтливая и всегда немного пьяная, известная сплетница и пересудчица.

— Ты отколь? — спросила Трофимовна.

Так как все окрестные жители, и старые и малые, были известны Трофимовне наперечет, то понятно, что новое лицо сейчас же бросилось ей в глаза.

— Ты отколь? — повторила свой вопрос Трофимовна.

Но девочка ничего не отвечала, только смотрела на нее во все глаза, а ручонками перебирала остатки чего—то вроде платка, едва покрывавшего ее худенькие плечики.

— Я те спрашиваю? Отколь ты?.. — Трофимовна нагнулась к девочке и смотрела на нее в упор красными слезящимися глазками.

Девочка молчала.

— Да ты говоришь али нет? — усомнилась Трофимовна. — Язык—то есть у тебя али нет?..

Посмотрев на девочку пристально, она вдруг отшатнулась от нее и заторопилась по тротуару прочь, с испугом оглядываясь и крестясь.

"Батюшки светы" — думала она. — Что же я с ней

3

прохлаждаюсь?! Ведь это как есть холера! Господи, спаси и помилуй!.." — И она поторопилась, чтобы скорее всем рассказать про свое открытие.

— Така махонька да худенька, — говорила она, — ровно девочка; а головка большущая — большущая, и во какие космы с головы ползут!.. Как она на меня взглянула!.. Как взглянула глазищами—то! Батюшки—матушки!.. А глазищи большие—большие, так и горят! — рассказывала Трофимовна по пути всем своим соседям — и ближним, и дальним.

А все дивились, расспрашивали:

— Где? Где холера?!

И все бежали, торопясь посмотреть на "холеру". Но "холера" уже исчезла, на тротуаре у длиннейшего забора никого не было. Девочка скрылась.

II

По большой улице, там, где расположились лучшие магазины, мимо "Гостиного двора" проезжала карета. В карете сидела полная барыня.

На самом бойком месте карета вдруг резко остановилась, кучер закричал: "Тпрру!" — и осадил лошадей. Произошла какая—то возня, суматоха; барыня испуганно вскочила и выглянула в опущенное окно кареты.

— Что такое? Что такое? Герасим!

Кучер Герасим кричал рассерженно на кого—то:

— Что те носит, окаянная?! Зря под коней лезешь! Около кареты собралась толпа прохожих и тоже

что—то кричала.

Барыня выскочила из кареты:

— Что такое?.. Что там, Герасим?!

— Девочку задавили!

В это время Герасим с Селифонтием, лакеем, сидевшим на козлах, и несколько прохожих подняли с мостовой девочку и наперебой расспрашивали, где она ушиблась.

Но девочка ничего не отвечала, а только смотрела большими голубыми глазами на окружающих. Она была в грязном обтрепанном платье, густые светло—русые космы выбивались из—под ее платка.

— Селифонтий! — окликнула барыня. — Посади ее в карету! Ах ты, Господи!.. Она с испугу и говорить не может!

Селифонтий хотел было поднять девочку на руки и исполнить приказание барыни, но остановился.

Девочка была вся в грязи. В грязи были ее маленькие, худенькие ножки, руки, лицо, все ее платье.

— Ничего! Ничего!.. Она не запачкает меня! — проговорила барыня и, подобрав платье, влезла в карету. — Посади ее, Селифонтий, в угол... Ах, бедная девочка!.. У нее, должно быть, с испугу и язык отнялся.

Селифонтий обхватил девочку и посадил в карету. Она не издала ни звука, не сопротивлялась и молча сидела в углу кареты, посматривая на всех большими, ясными, кроткими глазами.

Карета тронулась, и народ стал расходиться.

— Ты, верно, через улицу хотела перейти, милая? — расспрашивала барыня. — Да?..

Но девочка молчала и, не опуская глаз, прямо смотрела на барыню.

— Должно быть, она сильно испугалась, — догадалась барыня. — Совсем язык отнялся... Господи, Господи!.. Привезу ее домой, заставлю вымыть... натру спиртом, уложу, напою липовым цветом или бузиной... — И барыня отдалась своим лекарственным соображениям—. Временами она обращалась к девочке с вопросами, но девочка продолжала молчать.

Барыня была сердобольная, она не могла без ужаса подумать, что было бы, если бы девочку ушибли или (спаси, Боже!) раздавили лошади.

— А все этот Герасим неосторожный!.. Сколько раз говорила ему!

А Герасим гнал лошадей, и они в десять минут донесли карету до дому.

Это был большой двухэтажный дом с колоннами, со львами на воротах, с большим палисадником, огороженным красивой чугунной решеткой.

III

Графиня была вдова. Муж ее некогда управлял каким—то большим отделением; был он очень знатный барин, жил роскошно, открыто и оставил после себя трех детей.

Старший сын, Лев, был теперь уже студент третьего курса, историк—филолог. Младшего сына, семнадцатилетнего Созонта, все знакомые называли "философом" за его чудачества. Старший брат был красавец, статный, ловкий, с выразительными голубыми глазами и черными курчавыми волосами, а младший, наоборот, был ростом два аршина пять вершков (аршин — около 70 см, вершок — около 4,5 см), худой, бледный, болезненный юноша, с большой головой клином. На этой голове росли редкие белесоватые волосы, и росли они плохо, так что издали Созонт казался совсем лысым, — тем более что графиня постоянно держала его остриженным под гребенку в надежде, что волосы хоть когда—нибудь да вырастут. Созонт был уже в восьмом классе гимназии и на следующий год должен был стать студентом.

Такая разница была не только в наружности братьев, но еще более в их душевном складе.

Старший брат Лев был джентльмен, рыцарь, готовый защищать мечом свою графскую честь, ловкий танцор, блестящий кавалер, виртуозный музыкант.

Философ был тихий и угрюмый разумник, который глубоко задумывался над каждой малостью. У него была не комната, а нора, даже две норы — две большие низенькие залы внизу, за маленьким коридорчиком — темные, но теплые. Он сам их выбрал, потому что там никто не мешал ему читать и думать, думать и читать. А он читал и думал постоянно, несмотря на все запрещения докторов.

Сестра их — четырнадцатилетняя Люша — была девочка очень миленькая, не очень умная, но бесконечно добрая. Она уродилась в мать: с таким же крохотным лбом, с густыми черными волосами, такой же приветливой улыбкой на пухлых губах и ясными добрыми глазами.

Кроме того, у графини воспитывался еще ее племянник, сирота Шура, сын ее умершей сестры. Графиня очень любила детей и страшно баловала шестилетнего Шуру.

Карета графини остановилась у подъезда, Селифонтий подбежал отворить дверцы, а швейцар почтительно распахнул большие двери подъезда. Любопытный племянник был уже в передней на окне, и его бонна никак не могла уговорить его идти наверх. Он непременно хотел видеть, как тетя высаживается из кареты.

Но прежде тети вдруг высадили какую—то девочку, и любопытство Шуры разгорелось до крайности.

— Это что такое? — допрашивал бонну мальчик.

— Видишь, девочку какую—то привезли,— ответила бонна.

— А как ее зовут?..

И прежде чем бонна успела остановить его, он соскочил с окна и опрометью бросился наверх сообщить, что тетя привезла какую—то девочку—замарашку.

Разумеется, он сообщил об этом сестре Люше и взбудоражил весь дом, так что не только Философ, но даже старший брат Лев решил сойти вниз посмотреть, какого там еще урода привезла сердобольная татап.

В передней около девочки собрались люди: экономка Марья Сергеевна, две камеристки и верхний лакей Флегонт.

— Вы возьмите ее, Марья Сергеевна, и вымойте, — обратилась графиня к экономке. — Видите, какая она грязная. Надо ее осмотреть... С испугу она, бедняжка, даже голос потеряла. Герасим ее чуть не задавил... Сколько раз говорила ему, чтобы ездил осторожнее!

Графиня сбросила свое манто на руки Флегонта и направилась к себе, а Марья Сергеевна с видимой брезгливостью взяла девочку за руку, чтобы увести за собой. Но девочка вдруг выдернула свою грязную ручку из руки экономки и, бросившись вслед уходившей графине, крепко ухватилась за подол ее платья. В это время графиня уже входила во внутренние комнаты. Марья Сергеевна бросилась к девочке и стала отцеплять ее руку от платья графини; но девочка как—то странно, отчаянно замычала и начала отмахиваться от всех правой свободной рукой.

— Душечка!.. Тебя вымоют... — уговаривала графиня, стараясь отцепить руку девочки. — Ведь так нельзя... Нехорошо!..

Но девочка продолжала отчаянно отбиваться и громко мычать, показывая на рот и бормоча:

— Ммм... Нна... Ммм... ммм... ммм.

Тогда только все догадались, что она была глухонемая.

IV

В это самое время сверху сошел граф Лев; прибежали Люша с Шурой, и выполз из своей норы Созонт—Философ.

Люша, едва сбежав сверху и увидав девочку, бросилась к ней, приговаривая:

— Милая!.. Милая!.. Какая славная, хорошая!.. Тут девочка выпустила подол платья графини и уцепилась за Люшу. Она вдруг замычала, забормотала и горько заплакала, припав к груди Люши.

Тут графиня бросилась отцеплять девочку от дочери, и все

стали ей помогать. Один только Лев стоял в стороне, с презрением глядя на эту суматоху, и недоумевал: "В холеру впускают в дом уличную девчонку, всю в грязи?!"

А маленький Шура, радуясь бурной возне, прыгал кругом и, указывая на девочку пальчиком, кричал громче всех:

— Чухлашка! Чухлашка! Чухлашка!

С помощью Марьи Сергеевны, камеристок и Созонта удалось наконец оторвать эту "чухлашку" от Люши. Все гурьбой повели ее в комнаты.

Созонт и Лев не пошли вслед за другими.

— Вот! — сказал Лев брату, указывая на удаляющуюся ватагу. — Извольте радоваться, какое благородство — поднять на улице девчонку, из грязи, и, не боясь холерной заразы, привести ее в свою семью! Какой великодушный поступок!

Созонт пожал плечами.

— Она для них игрушка прежде всего... — сказал он.

— Какая игрушка?

— Такая. Они просто благодаря ей любуются своим благородным поступком... А ведь любить ближнего по-настоящему, помогать ему — это для человека самое высшее наслаждение, и в этом великая сила...

— Ну, это опять из твоей философской чепухи, — прервал

Философа Лев и, махнув рукой, хотел выйти из комнаты, но Созонт положил руку ему на плечо.

— Постой! — сказал он. — Посмотри и подумай: кто больше всех рад находке уличной девчонки? Малые, простые сердцем ребята. Их искренне тянет к ней.

Лев чуть ли не брезгливо снял руку брата со своего плеча и, полуобернувшись к нему, сказал:

— Ну так что ж?.. Это в порядке вещей: малых и неразумных всегда тянет к неразумному... к тому, что им по плечу, по росту.

И он вышел, а Созонт вслед ему крикнул:

— Да ведь в этом малом и глупом и скрыто великое, настоящее!..

Но Лев отмахнулся от этих слов, как от надоедливой мухи, и быстро взбежал по парадной лестнице к себе наверх, в свою комнату.

Для того чтобы попасть в свою комнату, ему необходимо было пройти несколько парадных зал. И он проходил эти залы всегда с наслаждением. Он считал, что жизнь в таких высоких, изящно убранных комнатах возвышает и облагораживает душу. А каждый человек должен стремиться к совершенству, то есть к свету и красоте.

V

Чухлашку вымыли и переодели. Нашелся целый ворох одежды из старого гардероба Люши, и она сама с любовью занялась туалетом Чухлашки. Камеристка Софи только помогала ей.

Настоящего, христианского имени Чухлашки не удалось узнать. Люша прочла ей целые святцы, но Чухлашка отрицательно вертела головой, отчаянно мычала и жестикулировала, а что означали эти жесты — никто не мог понять. Вероятно, ее звали каким—нибудь неполным именем, которого, разумеется, в календаре не было. Так и осталась она для всех Чухлашкой.

Люшу она звала "Люлю", и сама Люша звала ее так же — Люлю. Но для всех других она была просто Чухлашка, хотя и была вычищена и одета в дорогое платье.

И никто не смог узнать, кто такая Чухлашка, несмотря на то что графиня имела изрядный вес в городе и по ее слову вся полиция — и земская, и городская — сбилась с ног в поисках, откуда явилась Чухлашка. Догадывались, что она пришла из какой—нибудь дальней деревни. Пробовали расспрашивать ее, даже возили ко всем городским заставам, но ничего не могли узнать. Было только ясно, что девочка не желала указать, откуда она явилась. Вероятно, ее гнездо было все разорено холерой.

К Люше она привязалась накрепко, просто прицепилась к

ней, и это очень нравилось Люше. Она не тяготилась нисколько этой привязанностью. Люша очень часто и подолгу смотрела в лицо девочки и любовалась им. И действительно, это было милое, привлекательное личико. Теперь, когда Чухлашку причесали и принарядили, она выглядела просто картинкой.

И всего лучше, красивее были большие голубые глаза девочки — ясные и выразительные. И эта выразительность передалась и тонким бровям, и всем чертам лица, необыкновенно живого, подвижного.

Даже Лев с удовольствием разглядывал ее личико и говорил:

— Sapristi! (Черт возьми!). Она непременно должна быть хорошей породы... Или... это исключение из правил. Жаль, право жало, что она глухонемая!.. Но ее непременно надо отдать в школу — в школу глухонемых.

И это было общее желание, но только одной Чухлашке не могли об этом сообщить.

— Ты будешь такая же, как и мы! — уговаривала ее Люша. — Тебя выучат читать и писать. — И Люша показывала ей книги, которые были в ее шкафчике, и картинки, которые так любила рассматривать Чухлашка. — Мы будем видеться каждый день, каждый день... Понимаешь?

Но Чухлашка ничего не понимала. Она отгадывала только неуловимые жесты, движения и игру физиономии Люши. Она понимала, что ее хотят увести куда—то далеко от Люши. Чухлашка крепче прижималась к ней и принималась стонать и плакать, сначала тихо, потом сильнее и сильнее, и наконец рыдала в голос. Этот плач раздавался по всем комнатам, производил суматоху в доме, и на него собирались все, даже Созонт и Лев.

— Вот, — говорил Лев, указывая Созонту на плачущую девочку, — вот тебе дитя народа, возмущается просвещением... Оно чувствует инстинктивное отвращение к нему.

— Да!.. — соглашался Созонт. — Ей противно все, что идет из одного разума, а не из сердца... При том "блажении плачущие, яко тии утешатся".

Лев пожал плечами и отвернулся.

"Блаженны не юродивые, — думал он, — а те, которые держатся как можно дальше от них..."

Через полчаса Чухлашка замолкла. Она отцепилась от Люши и уселась в темный угол, за кроватью (это было ее любимое место). Если Люша или кто—нибудь подходил к ней, то она махала обеими руками и отворачивалась.

Она думала. Этот процесс обдумывания, очевидно, давался ей с большим трудом. Она сидела, закрыв лицо руками. Тоненькие жилки на лбу и на висках ее резко выступали вероятно, кровь усиленно притекала к мозгу.

Через час Чухлашка подошла к Люше и с улыбкой закивала ей. Она поняла, вероятно, что ее хотят учить. Сильно жестикулируя, она тыкала в грудь себя и Люшу, указывала на книги и затем махала рукой куда—то вдаль и говорила "фью—ю...".

Все это выглядело смешно, но Люша была рада за девочку. "Она научится теперь читать и писать", — думала она.

VI

На другой день Чухлашку отвезли в школу глухонемых.

Трудно рассказать, сколько стоило хлопот, трудов и возни водворить ее в школу. Но, к счастью, все устроилось и обошлось благодаря одной классной даме, которая отнеслась к Чухлашке с такой же простой сердечной лаской, как и Люша.

— К нам поступают разные субъекты, — говорила классная дама, — но таких дикарей мы еще не видали... Впрочем, лаской с ней можно, кажется, поладить.

В тот день, когда Чухлашку отвезли и устроили в школу, Лев и Созонт опять сцепились.

Такие случайные схватки двух братьев на почве философии происходили чуть не каждый день. Оба были упорны и нетерпимы в своих взглядах, и каждый старался подчинить своему взгляду другого.

На этот раз зачинщиком был Созонт. Схватка произошла за

завтраком, который Созонт считал обедом. Он утверждал, что полезнее обедать рано, как обедают простые работники.

— Да простой—то работник обедает хлебом с квасом и луком, — заметил с очевидным пренебрежением Лев.

— И это гораздо здоровее, чем объедаться разными финтифлюшками, — возразил Созонт. — А то цивилизованные эти проквасят дичь и едят мертвечину... Или заплесневевший сыр... Могилятники!.. Не знают, чем раздражить себе вкус... чтобы, видите ли, в нос бросалось...

— Это вкусовые заблуждения, — сказал Лев, — а ты ведь отстаиваешь грубость вкусовых ощущений... Вот что прискорбно! Квашеная капуста... Брр!.. Один запах может отравить здорового человека. Все кислое, соленое, перченое — осуждается современной медициной и гигиеной, от этого отвертывается современный цивилизованный человек...

— Ну нет! — вскричал Созонт. — Где же отвертывается?! Цивилизованный человек любит и кислое, и соленое, и копченое...

— Французская кухня не признает этих вещей. Это наша русская, грубая, мужицкая кухня любит все острое, пряное, жирное, чересчур перченое, кислое... Цивилизованный человек идет к более утонченному... Грубые восточные народы любят яркие цвета, тяжелые жирные кушанья, а цивилизованный человек любит нежные цвета и духи...

Созонт махнул рукой.

— Все это пустяки...— проворчал он, наскоро уплетая

17

довольно жирные макароны с маслом. — Человек должен меньше всего заботиться о том, что ему есть... Вкусно или невкусно то, что он ест, — неважно.

— Ну, брат, ты опять со своей монашеской проповедью... Грубому человеку можно обойтись без всего, к чему привык цивилизованный человек... — И Лев с пренебрежением встал из—за стола, с шумом отодвинул стул и вышел вон, гордо подняв голову.

VII

Прошло три—четыре дня. Графиня и Люша съездили в школу глухонемых, отвезли Чухлашке разных печений и конфет. Чухлашка на все это не обратила почти никакого внимания. Все, что ей привезли, она, не глядя, положила на лавку и не выпускала юбку Люши из рук. Когда же Люша хотела отнять ее руки, чтобы проститься и уехать, то Чухлашка крепко обняла ее и разрыдалась.

Долго пришлось убеждать и уговаривать ее, чтобы она отцепилась от Люши. Наконец обманом удалось освободиться, и Люша с матерью уехали.

Комнаты Люши выходили окнами в сад. Через три дня, очень рано поутру, когда еще было совсем темно на дворе, Люшу разбудил какой—то странный шум. Кто—то бросал землей или песком в окно.

Она вскочила в испуге. Первое ее движение было броситься к матери, спальня которой была рядом; но тотчас же она подумала, что только напрасно разбудит графиню. Может, это идет сильный снег и ветер швыряет его в окно? И действительно, на дворе была сильная вьюга. Люша зажгла свечу и подошла к окну. Она долго присматривалась и вдруг увидела Чухлашку, которая стояла под окном, прикрывая лицо руками!

Зимние рамы были еще не замазаны. Люша накинула на себя одеяло и отворила окно. Холодный воздух ворвался в комнату и чуть не потушил свечу. Но от земли до окна было очень высоко, и Люша опустила за окно стул. Чухлашка схватила стул, поставила на землю и быстро влезла на него. Люша протянула к ней обе руки, и Чухлашка тотчас же цепко ухватилась за них. Люша, не помня себя от волнения, потянула ее изо всех сил, помогая всем корпусом, и с трудом втащила Чухлашку в комнату. Обе упали на пол.

Чухлашка с рыданиями бросилась к Люше и начала целовать ее руки, при этом стараясь по привычке как можно крепче вцепиться в Люшино платье. Ветер дул в открытое окно, словно пытаясь разделить их, но они обе разом бросились и закрыли окно.

У Люши катились слезы из глаз; она старалась понять, как Чухлашка очутилась здесь, под окнами ее комнаты. Платье на Чухлашке было изорвано, лицо бледно и искажено то ли страхом, то ли горем — трудно решить.

Несколько раз Люша принималась расспрашивать ее, но

Чухлашка только мычала и плакала. Она крепко обхватила Люшину шею, как бы боясь, что Люшу могут отнять у нее.

Люша сидела в мягком кресле, а Чухлашка у нее на коленях. Она наконец затихла, перестала плакать. Но только Люша попыталась повернуться, она снова мычала и волновалась.

Сквозь полуопущенную штору начал пробиваться слабый утренний свет. При этом свете лицо Чухлашки казалось еще бледнее и мертвеннее...

"А если она умрет?" — подумала Люша, и ей стало жалко эту немую несчастную девочку, которая привязалась к ней всем сердцем, так что слезы опять тихо покатились из ее глаз. Люша крепко поцеловала лобик Чухлашки, а Чухлашка при этом тихо улыбнулась сквозь сон.

Наконец совсем рассвело. Проснулась прислуга, пришла в комнату Люши и удивилась, увидев необычайную картину: барышня спала в кресле, крепко обняв Чухлашку, которая тоже спала, положив голову Люше на грудь.

VIII

Графиня сама поехала в школу, чтобы предупредить, что Чухлашка вернулась домой, и узнать, что случилось в школе.

А в школе не знали, что делать, где искать Чухлашку; и

только что собирались послать к графине и дать знать о случившемся, как графиня сама явилась.

Вот что произошло в школе. Там появился новый учитель. Это был высокий господин странного вида, смуглый, черный, весь обросший волосами. Он проповедовал везде и всегда абсолютный порядок и благоразумие, а главное — строгость.

— Умом и строгостью, — говорил он, — можно всего достичь.

Все ученики его страшно боялись и прозвали "Черной Букой". Он никого не бранил, а допекал; когда он начинал с каким—нибудь учеником разговор — разумеется, мимикой, пальцами — и останавливал на лице ученика взгляд своих черных глаз, то бедный ученик весь замирал и ничего не мог понять из того, что говорил ему этот страшный учитель.

И вот этот Черный Бука подошел к Чухлашке и, пристально уставившись на нее, поднял кверху палец. Чухлашка посмотрела своими ясными голубыми глазами на него, посмотрела — и вдруг вскочила, вскрикнула и опрометью бросилась вон из класса. В длинном коридоре, куда она выбежала, никого не было... Она пробежала его весь и бросилась под лестницу, в какой—то чулан, где лежали старые половики и всякая рухлядь. Там, дрожа от страха, зарывшись в половики, она просидела вплоть до ночи. Ее везде искали и не могли найти. Ночью она тихо, крадучись, вышла, пробралась по длинным коридорам и лестницам в швейцарскую, с большим трудом отворила парадную дверь и очутилась на улице.

Вьюга крутила снег и хлестала в лицо Чухлашке, но она как была в одном камлотовом платьице, так и пустилась бежать. Девочка была твердо уверена, что прибежит к Люше. И только она, Люша, стояла теперь в ее воображении и будто магнитом влекла к себе. Но До Люши было неблизко, а спросить никого нельзя, потому что никто не понял бы мычания Чухлашки и ничего бы она не могла расслышать и объяснить. Она просто бежала. Добежит до перекрестка, передохнет, оглянется и снова побежит вперед по той же улице или повернет за угол. Ветер валил ее с ног, снежинки, как иголки, кололи ей лицо и руки; а она все бежала и бежала, пока не перехватывало у нее горло и не подгибались ноги от усталости.

На одной улице она вдруг остановилась перед раскрытыми воротами в длинном заборе, постояла несколько секунд и юркнула во двор. Почему она это сделала? Потому ли, что инстинктивно желала укрыться от вьюги и ветра, или потому, что вспомнила, что так будет ближе пройти к Люше, — но только она попала на широкий двор. Ведь наша память очень капризна и очень часто шутит с нами: прячет то, что нам нужно знать, и выдает то, что навек казалось забытым и потерянным...

Почти весь широкий двор был заставлен поленницами дров. Одна из них была полуразвалена, дрова свалились и рассыпались по земле. Зато другие расположились как бы лесенкой, и Чухлашка по этой лесенке вскарабкалась до самого верха дощатого забора. Но с этого забора надо было теперь как—то спуститься на землю.

Чухлашка не долго думала. Ей опять вспомнилась Люша, она манила ее к себе неудержимо. Чухлашка бросилась через забор прямо вниз. К счастью, у забора вьюга намела высокие сугробы и Чухлашка попала прямо в такой сугроб. Ползком она выбралась из него. Когда она прыгала, то зацепилась платьем то ли за гвоздь, то ли за изломанную доску забора и разорвала платье. Но она об этом не думала.

Чухлашка теперь была вполне убеждена, что она близко, очень близко от Люши. И действительно, пробежав еще одну улицу, она очутилась перед длинным решетчатым знакомым забором, за которым был большой сад. В этом заборе она отыскала лазейку и очутилась в саду того самого большого дома, в котором жила Люша.

— Что?! — говорил с торжеством Лев, обращаясь к Созонту.
— Ты видишь, "плоды просвещения" не даются чухлашкам... Они бегут от них. Созонт пожал плечами:

— Ты делаешь вывод из единичного случая и не замечаешь того, что важнее... Ведь какая у нее энергия! Девочка в одном тоненьком платьице преодолела сильный ветер и мороз и отыскала то, к чему стремилась.

Лев перебил его.

— Это безрассудство, — вскричал он, — глупость, за которую она, вероятно, дорого поплатится!..

И это, к сожалению, была правда.

Когда Люша проснулась и взглянула в лицо Чухлашки, то сразу поняла, что девочка больна. Ее лицо было красно, глаза почти не смотрели, она тяжело дышала, металась и тихо стонала.

Послали тотчас же за доктором. Но доктор не умел говорить с глухонемыми, и Чухлашка постоянно отталкивала его и мычала. С трудом удалось Люше уговорить ее, чтобы она показала язык и дала себя осмотреть... Смерили температуру. Она поднялась выше 40R. Осмотрели горло — в горле обнаружился подозрительный налет.

— Что с ней? — спрашивала графиня доктора. Но доктор не мог сказать ничего определенного.

Он только советовал положить Чухлашку в отдельную комнату, отделить от всех.

— Потому, — сказал он, — что у нее, по всей вероятности, развивается что—нибудь заразное...

Но этот совет не так—то легко было исполнить.

Чухлашку никакими силами нельзя было оторвать от Люши, да и сама Люша никак не желала покинуть больную.

— Мама, — говорила она, — она больна, и ей одной будет хуже...

— Да ведь ты можешь заразиться от нее, — уговаривал ее Лев. — Ведь теперь холерное время... У нее дифтерит!

— У нее нет ни холеры, ни дифтерита, — протестовала Люша.

И сколько ни представляли резонов Люше, как ни

уговаривали ее и графиня, и Лев, и даже Созонт, — ничего не помогло.

— Что же, — говорила Люша, — заражусь так заражусь. Значит, так Богу угодно... Без его воли ни один волосок с моей головы не упадет.

— На Бога уповай, а сам не плошай! — возражал Созонт.

— Нет. Выше воли Бога ничего нет, — говорила Люша. — Только надо верить крепко—крепко! Крепко верить!.. — И она сжимала свои руки так, что пальцы хрустели.

Целый день Люша не отходила от больной своей Люлю. Она уложила ее на свою кровать и лежала вместе с ней.

Жар Люлю увеличивался... Губы сохли и трескались. Люше было тяжело и опасно лежать подле нее... Но она лежала. Она надеялась, что жар Люлю переходит к ней и что Люлю делается лучше.

Временами Чухлашка сквозь мычание начинала что—то бормотать, как будто собираясь говорить. Люша придвигала ухо к ее губам, но ничего не могла разобрать — Чухлашка при этом только сильнее сжимала ее руки или платье.

Вечером снова приехал доктор, так как ему хорошо платили за визиты в дом графини. Он опять смерил девочке температуру. Жар не уменьшался, но в горле ничего не оказалось подозрительного. Доктор советовал делать ванны или обертывание в мокрые простыни. Но исполнить все эти советы было крайне трудно.

Крики и стоны Люлю приводили Люшу в исступление; она плакала и Христом Богом умоляла, чтобы девочку оставили в покое.

— Пусть будет что будет, — говорила она. — Не троньте ее. Она лежит покойно. Пусть будет что Богу угодно.

При таком решении сестры Лев просто выходил из себя.

— Ты не понимаешь, что говоришь и что делаешь, — говорил он в сердцах. — Этак всю медицину пришлось бы выбросить за окно... Этак поступают неучи, невежды, мужики, ничего не понимающие в науке и ничего не знающие!

— Лева! — возражала Люша сквозь слезы. — Пусть они ничего не знают, но они чувствуют много! Они живут сердцем...

— Оставь ее, — говорил Созонт, — ты видишь, в каком она состоянии... На нее тоже теперь нужно действовать сердцем, а не убеждением.

И Лев пожимал плечами.

"Все тут просто полоумные! — думал он. — С ними сам оглупеешь или сойдешь с ума".

И он уходил к себе наверх.

Прошло два дня и две ночи, две бессонные ночи. Люлю отпустила Люшу — отцепилась от нее. Доктор посоветовал прикладывать ей на голову гуттаперчевый мешок с рубленым льдом. И это был единственный совет, который можно было исполнить.

Тотчас же купили мешок, нарубили льду, и Люша сама положила этот холодный компресс на голову Люлю. Компресс постоянно меняли, но жар больной нимало не уменьшался. Она постоянно просила пить, металась и хваталась за голову.

На третий день Люша, которая спала или, правильнее говоря, лежала в той же комнате на кушетке, рано поутру на цыпочках подошла к кровати Люлю и молча наклонилась над ней.

Люлю смотрела во все глаза, при слабом свете ночника они блестели лихорадочным блеском и казались еще больше, чем обычно.

Дыхание ее было тяжело и неровно; но страдания не было на лице Люлю, оно как—то странно преобразилось. Это было лицо не маленькой девочки, а взрослой девушки — страшно худое, осунувшееся. Истрескавшиеся губы она постоянно облизывала.

Люлю протянула дрожащую руку. Люша взяла эту сухую, горячую ручку и почувствовала, что девочка слабо потянула ее к себе. Люша нагнулась. Она хотела поцеловать ее, и вдруг Люлю тихо, но ясно проговорила: "Люблю". Она проговорила это неотчетливо, чуть слышно, так что Люша переспросила ее, и она повторила тверже: "Люблю" — и затем прибавила: "Люш—ш—ш" — и остановилась.

27

— Ты любишь меня?! — вскричала Люша. — Милая, милая, дорогая!.. Ты можешь говорить! Ты слышишь меня?!

И Люлю тихо—тихо, едва заметно кивнула головой и мигнула своими большими ясными глазами.

Люша, не помня себя от радости, вскочила и с криком "мама! мама!" бросилась к графине.

— Мама, проснись, вставай! Она меня слышит!.. Она говорит... — И Люша заплакала...

Графиня поднялась и как была в одной рубашке вошла к Люше в комнату. Она тихо приблизилась к кровати, на которой лежала Люлю, и девочка, глядя на нее ясными глазами, явственно сказала:

— Люблю!..

Графиня перекрестилась:

— Чудо какое, Господи!!! Глухонемая заговорила!

Эта новость стала известна всему дому. Все поднялись, наскоро оделись и собрались у кровати Люши. Пришли и Лев и Созонт, и камеристка и бонна; привели даже Шуру — и всем Люлю повторяла заветное слово: "Люблю!" Она всем протягивала свою дрожащую руку, хотя рука плохо ее слушалась.

И когда все достаточно надивились и наохались, когда все начали понемногу расходиться, тогда только и графиня и

28

Люша спохватились, что вся эта история может утомить больную.

Лев был последним, кому она подала руку, и теперь лежала, тяжело дыша, как бы в забытьи; только глаза ее были широко открыты и неподвижно устремлены к потолку.

Люша, сидевшая подле на табуретке, наклонилась и спросила:

— Люлю! Ты слышишь меня?

Но Люлю ничего не ответила. Только дыхание ее становилось трудным и хриплым, и все лицо приняло какое—то выражение недоумения и восторга — она чему—то будто дивилась.

Графиня торопливо встала со стула и молча пошла в спальню...

— Скорее!.. Как можно скорее за доктором! — распорядилась шепотом графиня. И тут же чуть слышно прибавила: — Она умирает!..

Эти тихо сказанные слова опять каким—то образом разнеслись по всему дому.

И все постепенно собрались опять в комнате Люши и с ужасом увидели, что девочка действительно умирает.

Только теперь Люша наконец догадалась, поняла то, что от нее скрывали.

Она широко раскрыла глаза и бросилась к умирающей.

— Люлю! — вскричала она. — Люлю! Ты слышишь меня? Слышишь, дорогая моя?! — И вдруг кинулась к матери: — Мама! Мама! Она не умрет... Как же это! Она не может умереть... Нет... нет! Я не хочу... Я так люблю ее... люб... лю... — И она упала в обморок.

Сверху спустился Лев; лицо его было сердито... Но на кого, он и сам не знал. Созонт стоял в углу и тихо плакал. Вдруг он обернулся, подошел к брату и порывисто обхватил его обеими руками.

— Брат! — говорил он, всхлипывая. — Брат!.. Люблю!..

И тут неожиданно что—то поднялось в душе Льва, что—то подступило к горлу. Он обнял брата и вдруг заплакал — совсем как в детстве.

Он ясно понял, ощутил всем сердцем, что это великое чувство — выше всяких "взглядов" и "мнений"...

НЕ ВЫДЕРЖАЛ

Le son — c'est l'âme tremblante[1]

A. FouillИe

I

Я собирался давно к Палаузову и наконец собрался. Навестить его было необходимо, во—первых, потому, что он был мой товарищ, с которым мы просидели рядом весь наш университетский курс, с первого до четвертого; во—вторых, потому, что я давным—давно дал ему обещание приехать к нему в деревню, хотя признаюсь откровенно, что исполнение этого обещания меня нисколько не соблазняло.

Если б это было иначе, то я, наверно, давно бы был у него, потому что мы жили друг от друга всего в двадцати четырех верстах.

---

[1] "Звук — это трепещущая душа". А. Фуйе (фр.).

Товарищество наше в университете нисколько не сблизило нас, хотя мы и просидели все четыре года рядом на одной студенческой скамейке. Разница здесь была не в годах (мы оба были одних лет), а в общественном положении и, главное, во взглядах на вещи.

Он был помещик довольно богатый, я был просто управляющий у богатого князя Д. Он был нелюдим, почти мизантроп, философ, а я, грешный человек, никогда не любил никакой философии и всегда держался одного правила: коли живешь на свете, так надо жить. Вследствие этого я постоянно гнал из головы всякие фантасмагории и делал дело, а не гамлетничал. Вследствие этого я почти в сорок лет был здоров и крепок, чего и каждому от всей души желаю. Положим, что рост мой не из крупных, в нем не более двух аршин и одного вершка, но я не желаю быть более высоким.

Я давно уже, лет десять, как женат, и у меня трое мальчуганов, таких же крепких и здоровых, как я сам. Точно так же и жена моя отличается надежным здоровьем. Она выше и массивнее меня. И все наши общие интересы сосредоточены на нашем семейном и деревенском хозяйстве.

Мой товарищ Константин Никандрыч Палаузов был женат около года тому назад, но жена его уже умерла, и детей у него не было. По странной прихоти вкуса (другим ничем я не могу это объяснить), он женился, зная почти наверное, что жена его должна скоро умереть. И они жили более года с мыслью, что их союз недолговечен и что ей предстоит смерть, может быть, в очень скором времени: у ней был наследственный аневризм.

Время для моего посещения палаузовской усадьбы я выбрал, разумеется, наиболее для меня удобное. Проведя первый день Рождества у меня в семье и с моими добрыми знакомыми, я на другой день велел заложить тройку караковых в обиходные, легкие санки, и мы отправились с Мишуком на козлах — моим привычным, завсегдашним возницей.

День был теплый. Легкий снежок чуть—чуть порошил дорогу, и через два часа с небольшим мы подъезжали к Апескову — усадьбе Палаузова. Усадьба была заброшена и своеобразна. Село было довольно большое, но неуклюже построенное. Мужики жили бедно, прижимисто, хотя и считались самыми богатейшими во всем околотке.

Дом в усадьбе был старинный, каменный помещичий дом. Он был еще построен в прошлом столетии и своей архитектурой, неуклюжей и вычурной, напоминал дома и дворцы во вкусе Растрелли. Двор, огороженный чугунной решеткой, был усажен старыми елями, и всякий раз, как я въезжал в него, какое—то жуткое чувство невольно западало мне на душу. Огромный сад из вековых, тенистых деревьев примыкал к дому с противоположной стороны, так что весь он казался как бы окруженным старым тенистым лесом.

Решетчатые ворота были отворены. Молча въехали мы в аллею из елей и подъехали к высокому крыльцу. Молча взошел я на это крыльцо по каменным ступеням и с усилием отворил большие дубовые двери. Все было старо, заброшено; на всем "лежала печать времени", как говорят поэты.

33

"Сломать бы этот дом, — думал я, — и на место его выстроить простенький, но веселенький, свеженький, хоть бы деревянный домик. Гниет, разрушается... Ни себе в красу, ни людям в пользу".

Я вошел в переднюю — большую и мрачную, которая казалась еще мрачнее от двух толстейших колонн, стоявших подле высокой и широкой лестницы, ведущей во второй этаж.

У конника, направо, сидел на низенькой скамеечке Никитич — дряхлый, седой старик — и что—то портняжил. Это был единственный оставшийся у Палаузова от сотни прежних крепостных слуг и не желавший бросить барина, которому служил уже более четверти века. Это был страстный и бескорыстный угодник крепостничества. Он сжился с барским двором, с барской усадьбой, с барской грозой и лаской. Оба — и он, и барин — были одинокие, точно забытые судьбой и временем, и оба вместе с домом и садом медленно, но неизбежно разрушались.

II

— Здравствуйте, сударь, Александр Павлыч! — встретил меня Никитич. — Давненько к нам не изволили жаловать.

И он заторопился снимать с меня шубу и теплые сапоги.

34

— Ну что? Как Константин Никандрыч?

— Ничего, сударь, слава Богу! Ничего... Живем помаленьку. Сейчас доложу—с.

Но я остановил его и пошел сам, без доклада. Дорога мне была знакома. Кабинет Палаузова был внизу: надо было пройти две больших комнаты и небольшую токарню.

Я раздвинул темные, тяжелые портьеры и вышел в большую комнату, в которой было четыре окна и два из них были завешены шторами.

В середине, за большим письменным столом, сидел мой старый однокашник.

Он нисколько не изменился в этот год, хотя и пережил страшное, тяжелое горе — потерю любимой жены. Только длинные волосы его несколько поседели. Такое же худощавое лицо с высоким выдавшимся лбом, без усов и бороды, казалось удивительно моложавым, так что ему нельзя было дать более двадцати пяти лет; и эта, кажется, никогда не изменявшая ему, добрая, радостная улыбка, и добрые, радостные глаза, темно—голубые, задумчивые и восторженные.

— А!.. Вот сюрприз!

Встретил он меня радостно, крепко обнял меня, и мы расцеловались. И при этом поцелуе во мне опять проснулась прежняя, дружеская, товарищеская приязнь, и я невольно подумал: как бы было хорошо, если бы и все люди относились всегда друг к другу так же искренно и просто! Но разумеется, эта мысль только на одно мгновенье скользнула в моем мозгу и исчезла как молния.

— Что, я тебе помешал?.. А? — спросил я его.

— Чем же ты мне можешь помешать? Да и кто может мне помешать? — спрашивал он, крепко пожимая мою руку.

— Твоим философским размышлениям?..

— Нет, нет!.. Да и что это за занятие — "философское размышление"? Люди выдумали философию, а в сущности и в реальности... она не существует... Каждый человек обязан думать... Дан ему разум, он и должен рассуждать, обдумывать каждое дело, каждый свой шаг, каждую мысль... Он должен это делать по своей организации, а тут выдумали какую—то науку!.. Философию!.. И сделали из нее отдельную кафедру!.. Когда же люди уразумеют истину?!

— Ну!.. Это ты, по обыкновению, преувеличиваешь, — сказал я. — Как будто нет разницы между обыкновенным, обиходным строем наших мыслей и рассуждений и философскими положениями и выводами! Припомни "Метафизика" Хемницера.

— Да право же, нет! Это все люди выдумали... Я знаю только одну философию... Да ты с дороги, верно, хочешь чего—нибудь закусить? А я—то пустился в рассуждения о философии... — И он быстро подошел к портьере, распахнул ее и закричал: — Никитич! Никитич! Этакий старый желудь! Совсем оглох!..

И он двинулся по направлению к передней.

— Да ты не хлопочи! — возражал я. — Я закусил пе ред отъездом.

Но Палаузов расходился и велел приготовить завтрак. Повар у него был тоже старый, но хороший повар.

— Я, знаешь, живу здесь точно в заколдованном, сонном царстве, — говорил он, вернувшись в кабинет. — Все у меня совершается в положенное время, точно заведенные часы.

— И не скучно тебе?

— Нет, я привык! Напротив, я, кажется, скучал бы, если бы кругом меня была суматоха жизни... А теперь... Я хожу, думаю, читаю. Тишина мертвая... Посмотрю кругом... Точно все спит.

Я невольно оглядел комнату. Стены ее были из старого дуба. Они совсем почернели и смотрели чем—то средневековым. Пол—паркет почти весь расщелялся и расклеился. Диваны обиты темно—зеленым, полинялым и потертым трипом. Шкафы, тоже дубовые, все полны книг. Камин тоже какой—то средневековый, громадный. Все взятое вместе производило удивительно грустное впечатление.

— И тебе не жутко здесь? По вечерам или по ночам? — спросил я.

Он ответил не вдруг и ответил, по обыкновению, вопросом:

— Что такое "жутко"? Я не понимаю этого слова... Я страха человеческого не знаю и не признаю.

— Вот как! — удивился я и пристально посмотрел на него.

При этом я вспомнил, что еще в университете он отличался какой—то удивительной храбростью — эта храбрость была, кажется, сродни апатии. Он был всегда невозмутим и все встречал с одним неизменным афоризмом: "Что будет, то будет, и мне до этого нет никакого дела".

— Я думаю, — сказал он, — что всякий страх происходит оттого, что мы слишком привязаны к жизни и боимся ее потерять. Я живу потому, что судьба или Бог дал мне жизнь... И я стараюсь как можно меньше об ней заботиться.

И с этими словами он тихо опустился на широкий диван и хлопнул по нем. Я сел подле него.

— И вот почему, — продолжал он, — я не думаю ни о жизни, ни о смерти... Все идет — как оно идет... Я постарался проникнуть в смысл нашей жизни... — Он вдруг остановился, как бы прислушиваясь к чему—то, пробормотал: "Нет, ничего!" — и снова продолжал: — И все ничего. Все односторонность... И человечество напрасно думает, что оно когда—нибудь может понять или разрешить неразрешимое.

— А если это неразрешимое не существует? — вдруг осадил я его. — И если это неразрешимое одна наша фантазия?

Он как—то задумчиво взглянул на меня исподлобья и проговорил тихо, но с таким твердым убеждением:

— Нет! Оно есть!.. Оно кругом нас. Только необходимо, чтобы мы могли его видеть или слышать.

И в эту самую минуту мне показалось, что я действительно поверил, что это невидимое существует и что оно кругом нас... И как бы в подтверждение этого раздался какой—то глухой треск, так что у меня поневоле пробежала дрожь по спине.

— Что у тебя? — спросил я его. — Паркет что ли сохнет?

— Дда! — сказал он неохотно. — Мы часто слышим такие трески, шумы, стуки и объясняем их так, как это следует по нашей обыденной логике и согласно здравому смыслу...

Но тут на меня вдруг налетел здоровый припадок смеха... и я потрепал его по коленке.

— Мистицизм! Милый мой, мистицизм!.. Смотри не сделайся спиритом.

Он пожал плечами и ничего не сказал.

III

Мы отправились в столовую, которая была наверху, во втором этаже.

Нам подали карасей в сметане, прекрасно зажаренного тетерева с маринованными китайскими яблочками и так же прекрасно сделанный торт со сливками.

Мы принялись рассуждать о политике... Удержится Меттерних [Меттерних Клеменс (1773—1859) — князь, австрийский государственный деятель и дипломат.] и не будет ли у нас война с Турцией?.. Потом вспомнили нашу студенческую жизнь, наших товарищей, студенческие проказы и похождения. Вспоминали черноглазую юлу Дуню, известную под именем Дуняшки Вальбергской. Впрочем, должно заметить, что к этим последним воспоминаниям мой Константин был совершенно равнодушен.

После завтрака мы проехались по деревне. Проехали на каменные ломки, где добывался бутняк [Бутняк (бут) — строительный камень, идущий обычно на кладку фундамента.]. И так незаметно у нас прошло время до обеда.

После обеда я начал собираться домой, но Константин напал на меня с такой энергией, которой я даже не подозревал в нем.

— Нет, нет! — говорил он. — Ты уже по—товарищески подари мне целый день, не обрезывая... А завтра, коли тебе очень нужно, поезжай на здоровье — и скатертью дорога...

Я остался... И действительно, после обеда напало на меня такое блаженное сонное состояние, что я невольно дремал в том мягком, покойном кресле, в которое усадил меня хозяин после обеда.

— Поди—ка, я тебе еще что покажу, — сказал он, взяв меня под руку.

Я не сопротивлялся и, пошатываясь, пошел за ним. Он привел меня в полутемную комнату, в которой стояла очень мягкая, покойная кровать.

— Попробуй, — сказал он. — До вечера еще далеко.

Надо подкрепить силы.

Я не заставил его упрашивать себя, пробормотал спасибо, повалился и почти тотчас же заснул.

Я проспал почти до девяти часов. Меня разбудил какой—то шорох. Я проснулся, опомнился, осмотрелся, встал с постели. Нашел спички — зажег. Но сон не желал еще оставить меня в покое. Я чувствовал, что я сижу, сижу на мягком, покойном кресле и дремлю. Какой—то слабый, едва слышный шорох раздавался во всех углах. Я чувствовал, что я не сплю, но мне трудно было разжать глаза мои, они слипались. И вместе с тем я ясно сознавал, что тут, рядом с этой комнатой, в которой я сидел, кто—то стоит и ждет меня, чувствовал, что я должен встать и войти в ту комнату, и это именно обстоятельство наполняло все мое сердце каким—то нестерпимым ужасом.

Я ясно чувствовал, как усиленно билось это сердце и кровь стучала в висках.

Наконец, под влиянием этого неодолимого побуждения, я быстро поднялся с кресла и отворил дверь в соседнюю комнату... В ней никого не было, и было темно. Но в первое мгновенье, как я вошел в нее, мне послышался легкий шорох в правом углу подле камина, и что—то беловатое, легкое, как пар, мелькнуло в этом углу. Я очень хорошо сознавал и ясно помню это даже и теперь, хотя уже прошло более двадцати лет с тех пор, помню, что я подумал: "Это был просто кошмар — и вот откуда создаются ночные страхи и разные галлюцинации. Они являются от неправильного кровообращения". Но в то же самое время вместе с этой мыслью я ясно сознавал, что это не так, что здесь есть что—то совсем другое, далекое от всяких галлюцинаций и правильности кровообращения.

Я взял свечу, прошел несколько комнат, везде было темно. Сердце мое еще усиленно билось. Я сошел вниз и нашел моего приятеля по—прежнему в его кабинете, всего погруженного в какую—то глубокую думу.

— Ну что? Выспался? — спросил он, приподняв голову и прямо смотря на меня.

— Выспался, — пробормотал я.

— А я ведь знаю, отчего ты проснулся, знаю, отчего ты ходил со свечкой в соседнюю комнату.

— Отчего?

— Тебя давил кошмар.

— Почему же ты это знаешь?

Он ничего не ответил и, вставши с кресла, начал задумчиво ходить по большой комнате. Подошел к камину, поправил в нем дрова. Потом снова подошел ко мне в то самое время, когда я обрезал кончик сигареты, и сказал, положив руку мне на плечо:

— Мы многое могли бы знать, если б захотели.

— Как! Если б захотели?

— Мы отбрасываем те знания, которые служили древнему человеку, и ничего не хотим отбросить из того, что служит современному человечеству...

— Да что же отбросить?

— Да все!.. Все это рутина, давно сгнившая и обветшавшая. Материя, материя, материя... И ничего, кроме материи. До тех пор, пока будет продолжаться этот культ материи и маммоне [Маммона — бог богатства и наживы (у некоторых древних народов)], до тех пор мы ничего не будем знать и только будем плавать поверху.

И он резко отнял руку с моего плеча и опять пошел своей медленной походкой к камину. Затем, не дойдя до камина, он опять резко повернулся и опять подошел ко мне.

— Скажи, пожалуйста, — сказал он, — думал ли ты когда-нибудь о том, что такое жизнь и что такое смерть?

— Это над гамлетовщиной-то? Нет! Никогда, и слава Богу!..

Но он перебил меня.

— О жизни написаны целые трактаты... И мы до сих пор не знаем, что такое жизнь...

— Потому что ищем в ней того, чего в ней нет...

— О смерти тоже много написано, но мы знаем только, что

она есть конец жизни... Так думают, по крайней мере, все реалисты и материалисты, подобные тебе. А между тем...

И он замолк и как будто к чему—то прислушался.

— Между тем... Объясни, например, почему я знал, что ты наверху, за несколько комнат от меня, проснулся и именно проснулся в девять часов без пяти минут?

Почему тебя мучил какой—то кошмар и тебе было нехорошо, жутко? Почему...

Он не договорил и сказал:

— Слушай!

И вслед за этим словом я действительно услыхал...

Я услыхал ряд стуков, шумов и звонов — я не знаю, как их назвать. Я услыхал первый удар в соседней комнате, затем второй несколько слабее и дальше... затем третий, четвертый и так далее. Точно как будто бы кто—то удалялся, проходя через все комнаты. Их был довольно длинный ряд, и, проходя их, он, этот некто, постоянно ударял, хлопал по столам, по стульям и креслам, по стеклянной и фарфоровой посуде и по всему, что попадалось ему на пути.

При этом необычайном явлении я чувствовал, как сердце мое опять сжалось, точно перед новым приступом кошмара, и я во все глаза вопросительно смотрел на моего товарища.

IV

— Чтобы объяснить тебе всю эту историю, необходимо начать сначала, — сказал он и, подвинув ко мне одно из кресел, уселся на него, оперся обоими локтями в колена и подставил обе руки под подбородок.

— Помнишь, мы расстались с тобой в мае. Была цветущая весна, и ты отклонял меня тогда всеми силами своего красноречия от женитьбы. Согласись, что моя невеста, а затем моя жена, необыкновенно гармонировала с этой весной; что она была нежна, как ландыш, и очаровательна, как скромная, благоухающая фиалка. Но не подумай, чтобы меня соблазняла прелестная форма ее тела... Нет!.. Наши души любили друг друга...

При этих словах пол подле моего кресла как—то странно, особенно треснул. Но я не обратил тогда на этот треск внимания. Трещал пол, трещала мебель... Все, очевидно, ссыхалось и коробилось от времени в этом старом доме.

— Я и жена моя, — продолжал рассказ свой Константин, — были твердо убеждены, что мы созданы друг для друга... и притом я должен теперь открыть тебе одну из наших семейных тайн.

Он потупился и продолжал свой рассказ с очевидным смущением:

— Ты, вероятно, помнишь, что я, еще бывши студентом,

избегал цинизма и сладострастия, которому вы все чуть не поклонялись...

— Еще бы этого не помнить! — вскричал я. — Тебя мы все прозвали "стыдливой девственницей"...

Он начал кивать головой и прошептал так тихо, что я едва мог расслышать, что он сказал:

— Я и теперь, — прошептал он, — остался таким же...

Я удивленно посмотрел на него.

— Как же? — вскричал я. — Ведь ты был женат?..

Стало быть... И жена твоя?..

Он ничего не ответил и только молча опять кивнул мне.

Я с удивлением посмотрел на него, и признаюсь откровенно, у меня даже в душе шевельнулось какое—то озлобление и презрение к нему. "Бедная Еля, — подумал я (так он звал свою покойную жену, которую звали Еленой Борисовной), — ты умерла, не испытав счастья быть женщиной и матерью".

Но это чувство или скорее настроение скользнуло, как тень. Я припомнил эту Елю, взглянул на большой акварельный портрет ее, который стоял передо мной на письменном столе, и подумал: "Ты и в жизни была нежной, полувоздушной красавицей—фиалкой, каким—то бесплотным, полуфантастическим существом". Признаюсь откровенно, я не сочувствую таким созданиям. По—моему, каждая вещь должна согласоваться с ее назначением или, правильнее, с ее употреблением. Человек вполне нормальный, правильно организованный, здоровый и вполне уравновешенный — вот мой идеал, если только нужны в жизни идеалы.

— И знаешь ли, — сказал Константин, — такая жизнь мне кажется совершенно нормальной и правильной.

— Следовательно, природа, по—твоему, должна быть переделана и человечество рано или поздно должно прекратить свое существование?

Я вскочил с кресла, прошелся по комнате и затем снова опустился на прежнее место. Такие мысли и воззрения сильно волновали и возмущали меня тогда, да и теперь возмущают.

— Человечество, — сказал покойно Константин, — никогда не прекратится. Оно будет существовать до кончины мира... Нет, я говорю о званых и избранных.

— К последним ты, наверно, и себя причисляешь?

— Я причисляю к этой категории всех, которые поняли всю мерзость нашей земной, прозаической жизни и кто верит в иную, свободную и правильную, нормальную жизнь.

— Ну, я в нее не верю, — сказал я.

И как только я успел проговорить последнее слово, в то же самое время, направо, в темном углу, раздался явственный глубокий вздох. Я вздрогнул и вскочил со стула.

— Кто там? — вскричал я невольно.

Он пристально посмотрел на меня и улыбнулся.

— Это идеальное — тихо сказал он, — переходит в реальное, чтобы дать тебе знать о своем присутствии...

Я помню, как при этом у меня явилось опять стеснение в груди, как от кошмара, и мне страстно захотелось бежать дальше от этого места, из этой комнаты, оклеенной старым, почерневшим дубом, и всей ее странной обстановки. Но я призвал на помощь все присутствие духа и сказал ему:

— Послушай! Я ясно слышал вздох, человеческий вздох... Там, в том углу, кто—то есть...

Он медленно встал со стула, взял лампу и с улыбкой сказал:

— Пойдем посмотрим, есть ли кто—нибудь там или нет?

Он сказал это с таким спокойствием, с такой самоуверенностью, что я пошел за ним, хотя чувствовал, как сердце сжимал невольный ужас.

Мы осмотрели угол: там никого не было.

"Может быть, — подумал я, — этот вздох раздался в соседней комнате", — и я посмотрел на дверь, ведшую в эту комнату.

Он как будто угадал мою мысль и, отворив эту дверь, вошел в нее, высоко держа лампу над головой.

В этой комнате тоже никого не было.

Мы молча повернулись, вошли снова в кабинет и уселись на прежние места.

V

— Послушай! — сказал тихо Константин. — Случалось ли тебе испытывать сильное чувство недовольства жизнью, недовольства своим бессилием?

Я весь еще был под впечатлением случившегося и не вдруг мог ответить.

— Последнее, — сказал я, — действительно случалось, но недовольства жизнью я никогда не испытывал... Были, признаюсь, очень трудные времена... Но я боролся и горжусь своей борьбой.

— Нет, нет! — прервал он меня. — Я не об этом спрашиваю. Случалось ли тебе испытывать такое чувство, что у тебя как бы руки связаны... Наука ограниченна, искусство еще более... Жизнь наша... так же ограниченна... Куда ни взглянешь — везде предел, везде преграда... Ты как будто в громадной темнице... Посреди обширного мира, посреди всей вселенной — и ты связан.

— Нет, такого чувства я не испытывал, — сказал я, — и думаю, что никогда его не испытаю, потому что... я умерен в своих желаниях и никогда не ищу и не добиваюсь того, чего не могу получить... что не лежит в самой природе вещей и в их порядке.

Он пристально посмотрел на меня, пожал плечами и сказал тихо и робко:

— Я искренне сожалею о тебе... Я, напротив, часто желал бы быть каким—нибудь магом... чтобы меня не связывали условия времени и пространства... чтобы я был полный властелин материи... Кстати, веришь ли ты в существование времени и пространства?

— Этого вопроса я никогда не касался и не коснусь... Это чистейшая метафизика.

— Напрасно... Это чистейший реализм, до которого Кант дошел своим глубоким мышлением... а не случалось ли тебе испытывать другое чувство: когда ты был сильно возбужден, взволнован чем—нибудь, то у тебя сердце как будто освобождалось из груди, билось восторженно и сильно... Тогда тебе хотелось всех любить и обнять весь мир...

Я молча отрицательно повертел головой.

— Я всегда, — сказал я, — избегал всяких фантазий и гордился и горжусь трезвою жизнью... жизнь и наука имеют свои законы. Надо им подчиняться, необходима дисциплина науки.

— И тебя никогда не связывала эта дисциплина?

— Никогда!

— Даже в детстве ты ничем не увлекался?.. Сказки тебя не

занимали, изящная литература тоже: я помню, с каким пренебрежением ты относился к романам, которыми мы зачитывались... Но что же тебя занимало и занимает до сих пор в жизни? Я помню, как ты в студенчестве все читал "Журнал общеполезных сведений" и делал из него выписки; ведь был такой журнал?

— Да, был...

— Помню, занимало тебя финансовое право и технология... Когда у нас открылся камеральный факультет[2], ты сейчас же перешел в него и меня перетащил.

— Разве ты раскаиваешься сейчас в этом?

— Н... нет, — отвечал он, — университетская наука не имела на меня почти никакого влияния... Я образовал себя сам, помимо университета... Но я все—таки удивляюсь тебе и никак не могу понять...

— Чего?

— Как можно прожить всю жизнь с такими взглядами и чувствами.

— Видишь, я прожил!..

— Ничем не увлекаясь, ничему не веря и не тяготясь жизнью?

---

[2] Камеральный — обучающий камералистике, циклу административных и экономических дисциплин, преподававшихся в XVII—XVIII вв. в университетах некоторых западноевропейских государств, а со второй половины XIX в. — и в Российском государстве.

Мы молча несколько мгновений смотрели друг на друга, и мне показалось, что он начал к чему—то прислушиваться.

— Ты слышишь? — спросил он меня чуть слышно.

Но я ничего не слыхал. "Он галлюцинирует, — подумал я, — пожалуй, и я поддамся той же галлюцинации".

И в то же мгновение я услыхал где—то вдали чуть слышную музыку. Что это была за музыка — я не мог разобрать, но я ясно слышал гармоническое сочетание слабых звуков и начал прислушиваться. Оно стало слышнее, явственнее, так что я мог ясно разобрать, что это где—то вдали играет рояль. С каждой минутой я слышал лучше, отчетливее. Да, это играет рояль.

— Ты слышишь?! — спросил он меня. — Слышишь?

Я молча кивнул головой — и в то же время почувствовал, как опять давешнее стеснение и волнение овладели мной. Но это волнение было несколько иное. Страх не так ясно действовал теперь на меня, и эта музыка мне удивительно нравилась. Она была до крайности мелодична и оригинальна. В ней не было отрывистых, резких звуков. Все сливалось в удивительно нежную, невыразимую мелодию.

— Кто это играет? — спросил я.

Он ничего не ответил и молча, с страстным, восторженным взором слушал чудную музыку. Я повторил вопрос.

— Она!.. Еля!

Я почувствовал, как холод пробежал по моей спине. А

музыка продолжалась десять—пятнадцать минут. Она то усиливалась и как будто приближалась, то снова умирала или, лучше, удалялась. Это было что—то новое, оригинальное, какая—то соната или каватина. Порой вдруг эта чудная игра затихала, останавливалась и затем, после короткого перерыва, снова начиналась такими нежными, едва слышными звуками, точно далекая эолова арфа[3]. Затем эти звуки росли, крепли, переходили в форте, но это форте не поражало своей силой. В нем не было ничего повелительного. Оно было страстно и глубоко.

Под эту музыку я обдумал все, что тогда происходило в моем присутствии и что так глубоко взволновало и напугало меня. Помню, я пришел к заключению, что я точно так же, как и Константин, сделался жертвою галлюцинации. У него эта галлюцинация развилась долгим упражнением и затем передалась мне с такой же силой и ясностью, как и полная действительность. Помню, что под конец эта музыка не возбуждала уже во мне никакого страха, что я слышал ее с полным удовольствием, и даже пожалел, когда она замолкла.

Она прекратилась не вдруг. Она начала ослабевать, прерываться на более и более долгие промежутки и наконец совсем замолкла.

Мы оба сидели молча и ждали. Наконец Константин закрыл глаза рукой и опустил голову.

---

[3] Эолова арфа — струнный музыкальный инструмент. Состоит из служащего резонатором узкого деревянного ящика с отверстием, внутри которого натянуты струны (8—13) различной толщины, настроенные в унисон.

Когда он снова поднял ее, на глазах его как будто были слезы.

VI

— Объясни же ты мне, пожалуйста, — вскричал я, — что же все это значит?

Он не понял моего вопроса и смотрел на меня с недоумением.

— Кто это играл на рояле? — дополнил я мой вопрос.

— Ты хочешь слышать объяснение? — спросил он.

— Да, я желал бы слышать его.

Он прошелся по комнате, опустился на один из диванов и тихо начал говорить:

— Ты, вероятно, знаешь, что весь мир состоит из колебательных движений, из колебаний невидимых и непостижимых для нас частиц...

— Хотя не знаю, но с охотой готов это допустить.

— Эти движения продолжаются в бесконечность, но только мы их не замечаем... Мы не видим этих колебаний, если они продолжаются меньше одной десятой секунды. Эти колебания могут быть индивидуальны, то есть соединяться в группы, принадлежащие каждому человеку. Они носят все свойства этого человека, весь его характер... Они могут быть громкими, ясными почти для всех ушей или неслышными для самого тонкого музыкального слуха. Они могут быть добрыми, любящими или злыми, пугающими. Все явления мира материального и духовного и сам человек выражаются в этих колебаниях... Понял ты меня? Я молча кивнул головой.

— Пойми же, что эти колебания совершаются с удивительной, непостижимой быстротой. Этой быстротой они преимущественно отличаются от наших колебаний здешнего материального мира. Наши глаза и уши приспособлены к колебаниям сравнительно очень медленным. Быстрые, частые колебания принадлежат тому миру, который мы называем "невидимым", и действительно, он невидим для наших глаз, но он существует.

Последние слова он произнес тихо, как бы не доверяя мне и не решаясь передать то, в чем он убежден и святость чего я могу нарушить моим неверием, и замолк.

Я думал, что его объяснение кончено. Но он быстро поднял голову и резко сказал:

— Те колебания для нас чужды. Да, да! Они болезненны для нас. Вот почему ты испытал кошмар, стеснение в груди, когда они являлись тебе. Но я к ним привык... Боль ощущений заглушается радостью, что я ее увижу... ты понимаешь? Я чувствую грубость наших ощущений, и мне страшно больно заставить ее переводить из колебаний тех высоких тонов, которые ее окружают там, переводить в мир наших, низких, грубых колебаний... Но любя меня, она это делает... и этого мало: вихревыми колебаниями она захватывает частицы из окружающего нас материального мира, и мы нашими грубыми глазами видим то, что она выделяет из ее нематериального мира. Ты понимаешь, каких страшных усилий стоит ей сделаться доступною для наших чувств. Но я узнаю ее присутствие, я привык к этим более тонким и быстрым колебаниям. Я слышу, например, что она теперь невидимо здесь, около меня...

Я посмотрел на него с недоумением и в то же время почувствовал опять страшное стеснение в груди и непреодолимый ужас. Мне почудилось, что действительно около нас кто—то есть, кто—то присутствует невидимо, а он продолжал свои объяснения:

— Вот! Вот! — говорил он. — Слышишь? Слышишь?

Она говорит мне.

Но я ничего не слыхал.

— Бывают дни, когда она постоянно со мной, целый день и вечер со мной. Но бывают дни, когда она исчезает... Скучные, тяжелые!.. Тогда все во мне как будто опускается, все предметы как будто в тумане, как будто покрыты черным флером, черной дымкой, и это продолжается иногда целые недели, месяцы — тяжелое, убийственное состояние! Когда она со мной, то мне бывает так же тяжело дышать, меня давит, мое сердце почти совсем не бьется, пульс останавливается; но я терплю, я выдерживаю эти материальные, телесные мучения, потому что перед этими мучениями ничтожны те страдания убийственной тоски, которая накрывает меня в ее отсутствие... Я знаю, что надо выдержать, надо преодолеть мою непривычку к ее быстрым колебаниям, эту потребность моей ничтожной земной оболочки... Ах, поверь, что в этих быстрых колебаниях скрыто все, все — гениальные мысли и чувства. И вот почему так трудно их выдержать... Вот почему гениальность и сумасшествие так близки друг к другу. Наша материальная оболочка, наше тело не может выносить этих быстрых колебаний, в которых выражается и высшая мудрость, и высшее чувство...

Он опустил голову, сделал какое-то судорожное движение рукой и быстро, отрывисто заговорил:

— Вот! Вот! Она шепчет мне. Она говорит мне о каком-то подарке.

И он весь потянулся, лицо его приняло страдальческое выражение. Он припал головой к столу, и тихий, жалобный стон вырвался из его стесненной, сдавленной груди.

— Вот! — проговорил он. — Смотри!.. Вот!

И он быстро поднял голову. И в то же самое мгновенье я услыхал, что что-то упало перед нами на стол. Я вздрогнул и вскочил со стула.

На бумагах, которые лежали на столе, очутился маленький букетик из ландышей, фиалок и мирт.

Он с трудом дышал. Он схватил меня за руку и прошептал с усилием, припав головой к моей руке:

— Ах, если б ты знал, как это трудно, тяжело... вынести... И вот... вот почему мы так редко, как бы случайно, видим невидимое. А оно есть... оно кругом нас...

И как бы в подтверждение этих слов раздался резкий удар в оконное стекло, точно будто кто—то бросил небольшим камнем в это окно. И при этом стуке на меня напал такой страх, что я опрометью бросился вон в соседнюю комнату. Там было пусто. Я опомнился и вернулся назад.

Очевидно, что возбуждение моих нервов достигло своей вершины. Я опустился на один из диванов, закрыл глаза руками, закрыл уши, чтобы ничего не видеть и не слышать, и так просидел минут пять или десять.

Волнение утихло. Рассудок вернулся. Я открыл глаза. Константин по—прежнему сидел на месте, опустив голову. Он держал в обеих руках букетик живых цветов и, как мне показалось, нежно целовал его.

Я потихоньку встал и подошел к нему. Он протянул ко мне букетик. Лицо его все дышало восторженностью. На глазах блестели слезы.

Я машинально взял из его рук цветы и стал рассматривать их. В них не было ничего необыкновенного. Необыкновенно было только то, что, они были совершенно свежие, живые, а на дворе был декабрь, было Рождество.

Впрочем, они могли быть принесены из какой—нибудь оранжереи... Но кем и как?..

VII

Был уже первый час ночи, когда я ушел к себе наверх, в ту комнату, в которой я спал днем. Там была приготовлена мне постель. Константин проводил меня и пожелал мне доброй ночи.

Он был, очевидно, страшно утомлен, как бы разбит, с трудом двигался и говорил.

Когда я остался один и начал раздеваться, то я думал, что ко мне опять явятся ночные страхи, стеснение в груди. Но этого не было. Я почти тотчас же заснул, как только опустился в постель, и проспал всю ночь как убитый.

Утро было морозное и туманное. Клубы этого тумана окутывали все кругом, и все представлялось в каком—то странном, фантастическом виде.

Константин был очевидно болен. Он был бледен, угрюм, молчалив, и ни на какой разговор нельзя было его вызвать.

Я простился и уехал. Когда я оставил усадьбу Палаузова, то на меня напало совсем другое настроение. Я стал обдумывать все, что я видел и слышал, и пришел к заключению, что все это было дело внушения и поразительной, чудовищной галлюцинации. Я жалел, что на другой день не посмотрел на те цветы, которые явились на его письменном столе накануне. Я был убежден, что эти цветы в действительности не существовали.

Остальное все легко объяснимо.

Прошло шесть или семь лет.

Один раз, зимой, я был в клубе и встретил одного из знакомых соседей по деревне, помещика Галявкина.

— Слышали вы? — спросил он меня. — Наш сосед Палаузов... Константин Никандрыч?

— Что такое?

— Сошел с ума.

— Не может быть, — вскричал я.

— Я видел его сегодня в Центральной больнице. Он говорит страшную чепуху, бормочет несвязные слова, никого не узнает и бросается почти на всех, кого увидит.

"Не выдержал!" — подумал я.

ХОЛЕРА

(Разсказъ)

I

Пшервицкій и Кадынцевъ сидѣли, по обыкновенію, вечеромъ у Петра Петровича Слодимскаго.

Петръ Петровичъ былъ тузъ — воротила, милліонеръ, тайный совѣтникъ, строившій многія желѣзныя дороги.

Пшервицкій былъ тоже инженеръ, бойко шедшій впередъ и много обѣщавшій впереди.

Кадынцевъ былъ домашній докторъ и другъ дома.

Тутъ—же въ кабинетѣ сидѣла и жена Петра Петровича — Евдокія Федоровна — очень тучная и апатичная дама, не мѣшавшаяся ни въ управленіе домомъ, ни въ управленіе семьей и болѣе занимавшаяся дѣлами благотворенія и гражданственности.

Семейныя дѣла шли какъ—то сами собою въ домѣ Петра Петровича, тѣмъ болѣе, что Евдокія Федоровна давно уже махнула рукой на свою супружескую связь. Она совершенно равнодушно смотрѣла на невѣрности мужа и не мѣшала ему заводить любовницъ сколько ему угодно и гдѣ угодно. Она очень хорошо поняла, что принеся мужу двѣсти тысячъ приданаго, она исполнила все, что требовалось отъ нея. Притомъ она родила ему въ первый—же годъ ея замужества дочь Вѣру.

Теперь этой дочери шелъ уже двадцать первый годъ. Она была высокаго роста блондинка — стройная и красивая дѣвушка. Она сидѣла тутъ—же, въ кабинетѣ Петра Петровича, въ этомъ громадномъ кабинетѣ съ пятью окнами на улицу. Онъ былъ наполненъ мебелью отъ Лизере — очень хорошей, мягкой мебелью — крытой темнымъ шагреневымъ сафьяномъ цвѣта marron brûlé. Громадные шкафы, вычурные, красивые съ книгами, масса бездѣлушекъ разбросанная тамъ и сямъ, высокія вазы китайскія и японскія — и ни одной картины, ни одного портрета — словомъ, это былъ роскошный кабинетъ дѣлового человѣка.

— Я удивляюсь одному, говорила Вѣра, какъ до сихъ поръ не найдутъ средства уничтожить холеру... Я непремѣнно добралась—бы до сути, до причинъ,— отчего, гдѣ и какъ она образуется?

Кадынцевъ, который ходилъ по кабинету взадъ и впередъ, при этихъ словахъ остановился, пристально посмотрѣлъ на Вѣру и на его тонкихъ губахъ заиграла усмѣшка.

— Это все мечты, Вѣра Петровна, сказалъ онъ. Когда у насъ

нѣтъ основательныхъ знаній, то мы охотно предаемся мечтамъ. Это такъ пріятно мечтать.

— Нѣтъ! Да вы мнѣ растолкуйте!... Отчего—же это мечты?... Браниться можно... но не должно. Мы оттого и не устраиваемъ нашу жизнь, что много бранимся и деремся.

— Совершенно вѣрно! да прибавьте къ этому, что мы мало, очень мало знаемъ.

— Но! почему—же... Боже мой! и она нервно пожала плечами.

Петръ Петровичъ при этомъ очень рѣзко и полновластно, какъ всегда, вмѣшался въ разговоръ.

— А потому, что мы мало, очень мало знаемъ!... Кажется просто и ясно, сказалъ онъ, откинувъ свое полное, самодовольное, уже сильно раскраснѣвшееся лицо на спинку кресла: лицо это было обрамлено густыми и красиво расположенными волосами. Петръ Петровичъ ихъ тщательно красилъ и на видъ ему никакъ нельзя было дать болѣе 50 лѣтъ.

— Да почему—же мы, папа, очень мало знаемъ?...

— Почему?! Почему?! Почему? потому, потому! Ты опять принялась совопросничать!

— Вѣдь сколько васъ, медиковъ,— сказала Вѣра, не слушая возраженій отца и обращаясь къ Кадынцеву,— трудится и работаетъ надъ заразными болѣзнями и холерой въ особенности... и до сихъ поръ... Вѣдь это идетъ издавна?...

Когда въ первый разъ начали изслѣдовать причины появленія холеры?...

— Это все равно, когда—бы ни начали, Вѣра Петровна. Мы только теперь, съ помощью сильныхъ увеличеній микроскопа дошли до изученія тѣхъ микроскопическихъ существъ, тѣхъ бациллъ, которыя производятъ холеру.

— Да! и теперь скажите — какія—же изъ этихъ существъ производятъ холеру?... Я вѣдь читала всю исторію о Коховскихъ запятыхъ и то, что говорятъ о нихъ индійскіе доктора и даже то, надъ чѣмъ трудится теперь въ Парижѣ нашъ русскій ученый профессоръ Мечниковъ. При какихъ условіяхъ не заражаются люди этими ядовитыми паразитами?

Кадынцевъ вдругъ остановился невдалекѣ отъ нея и, насмѣшливо раскланявшись ей, проговорилъ:

— Я преклоняюсь передъ вашей начитанностью и любознательностью.

Но Вѣра тотчасъ—же прервала его:

— Полноте пожалуйста! не паясничайте! Я говорю серьезно, и прошу васъ такъ—же серьезно растолковать мнѣ...

— Да ты что—же, перебилъ ее опять Петръ Петровичъ, хочешь серьезно заняться изученіемъ холеры?...

— Нѣтъ, папа!... дай мнѣ пожалуйста допросить его.

— Допрашивай! я вѣдь не мѣшаю.

— Скажите мнѣ, Александръ Дмитріевичъ, обратилась она снова къ Кадынцеву... Отчего появляется холера? Вѣдь она появляется періодически. Не такъ—ли?

Кадынцевъ пожалъ плечами.

— Этого мы не знаемъ, сказалъ онъ и усѣлся на одинъ изъ ближайшихъ стульевъ.

— Но она имѣетъ опредѣленный періодъ?

— Опредѣленный періодъ она не имѣетъ... но обыкновенно продолжается мѣсяцъ, два, а затѣмъ уменьшается и исчезаетъ.

— Почему? спросила Вѣра.

Вмѣсто отвѣта Кадынцевъ снова пожалъ плечами, а Петръ Петровичъ опять захохоталъ и закричалъ:

— Допрашивай! Допрашивай его хорошенько! Прижимай къ стѣнѣ, пусть дастъ отвѣтъ.

Кадынцевъ быстро поднялся со стула и сказалъ съ раздраженіемъ:

— Вы, Вѣра Петровна, воображаете, что все это такая легкая вещь...

— Да вы медикъ или нѣтъ?! перебила его она.

— Такъ что—же?...

— Сколько васъ медиковъ занимается изслѣдованіемъ появленія причинъ холеры и тому подобное?

— Очень немного...

— А остальные... "ихъ цѣль мелка, ихъ жизнь пуста!"

— Не всѣмъ — же... заниматься...

— Нѣтъ, всѣмъ, именно всѣмъ... Общей дружной работой...

Петръ Петровичъ опять захохоталъ.

— Всѣ, всѣ — дружной охотой... пойдемъ на врага!... Вотъ вамъ и женская логика, сказалъ онъ, обращаясь къ Пшервицкому.

Тотъ только пожалъ плечами.

— Вѣдь это, Вѣра Петровна, сказалъ Кадынцевъ, научная работа!... Тутъ нуженъ умъ, сообразительность, наблюдательность, а сердца, пылу здѣсь вовсе не требуется.

— Вездѣ во всемъ должно быть чувство, сказала Вѣра съ убѣжденіемъ. Если—бы чувство руководило учеными, они давно—бы узнали все, что мѣшаетъ жить человѣку... Не было—бы ни бѣдности, ни болѣзни.

— Это опять мечты, утопія, сказалъ докторально Кадынцевъ. La critique est aisée, mais l'art est difficile!...

Онъ проговорилъ эту пословицу съ очень неуклюжимъ произношеніемъ.

II

Прошло нѣсколько дней послѣ этого разговора и Вѣра набросилась на медицину съ той—же страстностью, съ какой она набрасывалась на каждое новое для нея занятіе.

— У ней загорится, говорилъ Петръ Петровичъ, и тогда ей вынь да выложи, и пылить и кипить.

Кадынцевъ принесъ ей руководство по бактеріологіи. Ей было мало. Она потребовала подлинныя работы въ спеціальныхъ журналахъ, и онъ принесъ ей журналъ Коха и анналы Пастеровскаго института. Онъ приносилъ ей все это съ усмѣшкой, какъ ребенку, который тѣшится серьезными вещами и разыгрываеть изъ себя большого.

— Вы, Вѣра Петровна, воображаете,— говорилъ онъ,— что сейчасъ—же откроете Америку... Когда добросовѣстные, опытные ученые сломали себѣ зубы надъ этимъ и ничего не могуть сдѣлать, то что—же можеть сдѣлать дилетантъ? Вѣдь туть нужны факты, не пониманіе ихъ, а самые факты.

— Разсказывайте сказки... У дилетанта есть вѣра, что онъ откроеть Америку, а вы и въ Америку—то не вѣрите.

— Да на что—же намъ вѣрить, когда мы знаемъ, что она есть, существовала и существуеть.

— На то, чтобы сдѣлать больше, чѣмъ вы дѣлаете.

— Больше не сдѣлаешь сколько у тебя есть силъ и энергіи.

Когда она прочла послѣднія работы въ коховскомъ журналѣ и въ анналахъ, то она спросила:

— Это все?

— Да что—же я вамъ еще дамъ? Больше ничего нѣтъ,— сказалъ онъ съ раздраженіемъ.— Больше мелкія замѣтки, разбросанныя въ спеціальныхъ медицинскихъ журналахъ.

Она отдала ему всѣ книги, сѣла въ уголъ на широкій диванъ и замолчала, а Кадынцевъ ораторствовалъ.

— Вы говорите, что нужна вѣра? Вы вотъ не вѣрите въ нашу добросовѣстность! Вы все думаете: да! работаютъ они такъ себѣ, спустя рукава...

— Послушайте!— вдругъ спросила она:— увѣрены или убѣждены—ли вы въ томъ, что все, что недостаетъ намъ теперь, мы узнаемъ впослѣдствіи?

— Убѣжденъ — сказалъ самоувѣренно Кадынцевъ.

— При той системѣ, при которой совершаются всѣ ваши работы?

— При той самой...

— Это неправда!.. Это или вамъ кажется или вы намѣренно лжете...

— Да это доказываетъ исторія, Вѣра Петровна, это доказываетъ прогрессъ нашихъ знаній. Посмотрите, что мы знали 40, 50 лѣтъ тому назадъ и что мы знаемъ теперь.

— Ничего! или почти ничего. Древніе египтяне гораздо больше вашего знали... гораздо больше!

Кадынцевъ пожалъ плечами.

— Вы вѣрите баснямъ и сказкамъ,— сказалъ онъ и тоже замолкъ.

Онъ долго ходилъ большими шагами взадъ и впередъ по большому салону. Это было довольно рано утромъ, въ воскресенье. Онъ нарочно пріѣхалъ пораньше, чтобы застать Вѣру одну и поговорить съ ней рѣшительно.

Онъ сдѣлалъ ей предложеніе уже двѣ недѣли тому назадъ. Она не дала ему положительнаго отвѣта и назначила ему срокъ двѣ недѣли. Этотъ срокъ какъ разъ пришелся въ это воскресенье.

Побѣгавъ взадъ и впередъ по комнатѣ, онъ рѣзко остановился передъ ней и спросилъ нѣсколько дрогнувшимъ и измѣнившимся голосомъ:

— Что—же, Вѣра Петровна? Вы хотѣли мнѣ дать отвѣтъ сегодня.

Вѣра всплеснула руками, вскинувъ ихъ высоко надъ головой.

— Ахъ! какой—же вы чудакъ!— вскричала она...— Какой—же я вамъ дамъ отвѣтъ, когда мы не сходимся съ вами въ главномъ... Что—же вы хотите, чтобы мы разошлись съ вами на другой—же день послѣ свадьбы? Для этого не стоитъ жениться.

— Да въ чемъ—же мы съ вами не сходимся?

— Да во всемъ, въ чемъ угодно... хоть въ теперешнемъ спорѣ... Мнѣ противна эта самоувѣренность, съ которой вы, медики, толкуете обо всемъ, чего вы не понимаете.

— Да понимать—то тамъ, Вѣра Петровна, нечего...— сказалъ онъ жалобно и даже сложилъ руки умоляющимъ образомъ.

— Вы рѣшили, что въ древности люди были абсолютно глупы и крестъ надъ ними поставили.

Кадынцевъ молча стоялъ въ той—же комической, умоляющей позѣ и думалъ: "Это съ ней пройдетъ. Надо выждать. Горячка остынетъ и тогда она будетъ разсуждать хладнокровно".

Онъ не былъ въ нее влюбленъ, но она ему нравилась, и не столько ея наружность, хотя и наружность была очень привлекательная, сколько тѣ двѣсти тысячъ, которыя за ней дадутъ. Это было офиціально заявлено и объявлено. Самъ Петръ Петровичъ разъ за обѣдомъ громко при всѣхъ объявилъ и заявилъ:

— Я дамъ за ней двѣсти тысячъ и больше я не могу дать ничего. Я получилъ за женой двѣсти тысячъ и отдамъ ихъ въ приданое дочери. Не обязанъ—же я всю жизнь трудиться для семьи или еще хуже для своего зятя?!..

Пшервицкій считалъ себя также кандидатомъ въ женихи къ Вѣрѣ, хотя и не дѣлалъ ей еще предложенія. Онъ догадывался, что Кадынцевъ былъ его соперникъ и предоставлялъ ему полную свободу ухаживать за дѣвушкой. Онъ думалъ, что сила не въ ней, а въ Петрѣ Петровичѣ и въ то время, когда Кадынцевъ разставлялъ сѣти Вѣрѣ — Пшервицкій дѣйствовалъ на будущаго тестя. Онъ былъ увѣренъ, что если онъ заручится его согласіемъ, тогда такъ или иначе, а Вѣра Петровна и 200,000 чистоганомъ будутъ его вѣрной добычей.

Къ этому должно добавить, что онъ былъ увѣренъ въ себѣ. Онъ былъ красивъ. Онъ имѣлъ собственныхъ нѣсколько десятковъ тысячъ и двѣсти тысячъ Вѣры его не очень соблазняли.— "Клюнетъ, такъ хорошо, а сорвется такъ вѣдь свѣтъ не клиномъ сошелся", думалъ онъ. Притомъ онъ былъ увѣренъ, что Петръ Петровичъ не желаетъ Вѣрѣ лучшаго зятя, чѣмъ онъ, Ипполитъ Алексѣевичъ Пшервицкій.

Должно и то сказать, что прежде жениховъ у Вѣры было много, но всѣ они понемногу отстали и стушевались.

Одни нашли ее слишкомъ умной и серьезной. Другіе находили ее странной, экстравагантной, экзальтированной — чуть не юродивой или по крайней мѣрѣ психопаткой.

Изъ всѣхъ изъ нихъ остались только двое, которые упорно въ теченіе послѣднихъ двухъ лѣтъ добивались своей цѣли.

Кадынцевъ постоянно поддерживалъ въ ней серьезныя отношенія ко всякому дѣлу, хотя самъ не вѣрилъ въ эти отношенія и былъ вообще неисправимымъ скептикомъ.

Пшервицкій ловилъ минуты ея увлеченій и капризовъ и являлся всегда кстати и во—время къ ея услугамъ. Онъ доставалъ ей самый послѣдній и модный французскій романъ, привозилъ ей букетъ, который она пожелала имѣть, именно въ то время, когда вообще цвѣтовъ было трудно достать. Привозилъ билеты въ концертъ или на балъ. Наконецъ, онъ готовъ былъ пѣть съ ней дуэты по цѣлымъ вечерамъ, хотя и зналъ, что эти дуэты нисколько не подвигаютъ дѣло впередъ и что завтра она будетъ такъ—же далека отъ него, какъ и во всѣ предыдущіе дни.

Между тѣмъ время шло и холера развивалась. Въ одно ненастное утро Петру Петровичу доложили, что поваръ Данилычъ заболѣлъ холерой. Это было въ тотъ самый день, когда Петръ Петровичъ давалъ полу—оффиціальный и, такъ сказать, "политическій" обѣдъ. На него онъ позвалъ двухъ "особъ", на помощь которыхъ весьма разсчитывалъ.

Петръ Петровичъ вскочилъ и съ яростью набросился на камердинера.

— Какая холера!.. Дуракъ!.. Никакой холеры!? Никакой холеры нѣтъ!.. Вѣрно объѣлся, облопался чего—нибудь!..

И онъ сейчасъ—же послалъ къ Кадынцеву съ запиской, прося его крайне убѣдительно пріѣхать "немедленно".

III

Черезъ полчаса Кадынцевъ пріѣхалъ и его провели прямо въ кухню. Она была въ подвальномъ этажѣ, который тянулся подъ всѣмъ громаднымъ домомъ Петра Петровича. Комнаты въ немъ были большія, но низкія, со сводами и темныя. Это были какіе—то подземные сараи, въ которыхъ постоянно царствовалъ чадъ, дымъ и всякая вонь отъ всякихъ отбросовъ.

Кадынцевъ брезгливо спустился по каменной лѣстницѣ съ пологими, но сильно избитыми ступенями, и вошелъ въ комнату больного. Подлѣ его постели стояла его жена, въ дальнемъ углу копошились трое дѣтей, а на стулѣ у его постели сидѣла Вѣра.

— Вѣра Петровна!— вскричалъ Кадынцевъ.— Зачѣмъ вы здѣсь?! Здѣсь вамъ вовсе не мѣсто...

Вѣра быстро поднялась со стула.

— Я давала ему лимонной кислоты,— сказала она.— Каждые два часа по пятнадцати капель, а на животъ положила горячей золы. Теперь ему лучше... и стало лучше не отъ этихъ средствъ, а отъ увѣренности въ томъ, что онъ не брошенъ, что за нимъ ухаживаютъ, его берегутъ... А теперь предоставляю его вамъ.

И она быстро пошла вонъ. И только теперь Кадынцевъ замѣтилъ, что она была растрепанная, что ея большая русая коса свѣшивалась свободно на ея бѣлый пеньюаръ, а на ея ногахъ были надѣты однѣ туфли и не было чулокъ.

Она напомнила Кадынцеву Маргариту въ "Фаустѣ" и Валентину въ "Гугенотахъ".

Кадынцевъ осмотрѣлъ пульсъ и языкъ больного и изъ разспросовъ убѣдился, что холера не "спѣшная", какъ онъ называлъ сильныя заболѣванія этой эпидеміи.

Осмотрѣвъ больного и прописавъ какую—то микстуру, болѣе для очистки совѣсти, такъ—какъ Вѣра сдѣлала все, что было необходимо по его убѣжденію, онъ поднялся наверхъ въ кабинетъ Петра Петровича.

— Вѣдь этакая ракалія!— встрѣтилъ его Петръ Петровичъ, крѣпко пожимая ему руку...— Сегодня у меня обѣдаютъ князь X. и Константинъ Петрокичъ, а онъ, бестія, ухитрился заболѣть. Напѣрно облопался чего нибудь. Вы не разспрашивали?

— Нѣтъ!.. Вѣдь это все равно. Вѣроятно выпилъ сырой воды и этого довольно. Но зарожденіе можетъ быть и отъ непосредственнаго контакта... Я при немъ нашелъ Вѣру Петровну. Это очень опасно для нея.

— Ну! Вотъ подите!— вскричалъ Петръ Петровичъ и сильно заволновался.— Что вы съ ней подѣлаете?!.. Ни я, ни жена ничего!.. Никакого вліянія! Это просто какая—то психопатка, юродивая, "что хочу, то и дѣлаю!"

— Все—же какъ нибудь... необходимо,— и онъ досталъ папиросу и закурилъ.

— Что хочетъ, то и дѣлаетъ! Конечно, это больше дѣло матери слѣдить за дочерью... Да мать—то какая—то индифферентная. Ее ничѣмъ не проймешь и ничѣмъ не удивишь.— И онъ тотчасъ—же послалъ человѣка съ приказаніемъ позвать Вѣру Петровну къ нему.

— У ней какія—то дикія завиральныя идеи,— продолжалъ онъ обрисовывать ее Кадынцеву.— Она не признаетъ никакихъ условій и приличій и вся полна какими—то фантазіями... Къ жизни она не способна, совсѣмъ не способна...

И онъ махнулъ рукой, но туть—же подумалъ: "зачѣмъ это я такъ его расхолаживаю? Вѣдь онъ одинъ изъ обожателей, жениховъ".

Посланный за Вѣрой вернулся и доложилъ, что барышня изволятъ почивать, что она всю ночь не спала и что горничная не осмѣливается ихъ разбудить. Петръ Петровичъ махнулъ рукой.

Кадынцевъ уѣхалъ, но, уѣзжая, просилъ Петра Петровича:

— Пожалуйста, устройте какъ—нибудь, чтобы Вѣра Петровна не дышала холернымъ воздухомъ и не прикасалась къ больному... Вѣдь это очень опасно. Я еще заѣду.

— Да, да! Я постараюсь это устроить,— сказалъ Петръ Петровичъ.

Во второмъ часу пріѣхалъ Пшервицкій. Въ передней человѣкъ сообщилъ ему, что поваръ Данилычъ захворалъ холерой.

Пшервицкій слегка поблѣднѣлъ. На его красивомъ лицѣ ясно вырисовался испугъ, онъ постоялъ нѣсколько секундъ, придерживая рукой пальто, которое человѣкъ снималъ съ него. И потомъ, оправившись, быстро сбросилъ его и двинулся въ залу.

"Чего я трушу? — подумалъ онъ, — точно уже со мной холера. А говорятъ, что не надо бояться ея, что всякій страхъ, всякое волненіе опасно".

И онъ вошелъ въ кабинетъ къ Петру Петровичу.

— У васъ я слышалъ случилось несчастье? — сказалъ онъ, пожимая ему руку.

— Дда! Представьте себѣ... Каналья объѣлся тухлятиной, тухлымъ мясомъ, вѣроятно запилъ сырой водой и... готовъ, а я сегодня, какъ нарочно, пригласилъ обѣдать князя N. и Константина Петровича... Я просто не знаю, что дѣлать... Посылалъ къ кухмистеру... Тутъ есть недалеко очень порядочный кухмистеръ... занятъ... Пришлось положиться на поваренка... четырнадцати — лѣтняго мальчишку...

— Это Мишка?!

— Да, Мишка...

Въ это время вошла Евдокія Федоровна и какъ только вошла, сейчасъ—же опустилась на первое кресло. Лицо ея было разстроено.

— Послушай, Петръ Петровичъ, сказала она кислымъ, унылымъ голосомъ. — Такъ вѣдь нельзя!.. Я разспросила, отчего онъ захворалъ... Оттого, будто—бы, что ты не позволяешь покупать мяса для людей дороже десяти копеекъ.

Петръ Петровичъ вскипятился.

— Вотъ! Изволите видѣть!— вскричалъ онъ, обращаясь къ Пшервицкому.— Инкриминація! Я, оказывается, виноватъ въ томъ, что поваръ объѣлся тухлаго мяса. Я нарочно кормлю ихъ тухлымъ мясомъ... изъ скупости... Да! это всякое терпѣніе лопнетъ!.. И это жена производитъ слѣдствіе! инкриминируетъ ея супруга!.. Это чортъ знаетъ что такое!..

И онъ забѣгалъ по кабинету.

— Я еще тебѣ должна сказать, Петръ Петровичъ,— продолжала Евдокія Ѳедоровна тѣмъ—же унылымъ, апатичнымъ голосомъ,— что у насъ Вѣра захворала...

— Какъ?.. Когда?.. Чѣмъ захворала?..

И онъ остановился передъ Евдокіей Ѳедоровной.

— Я не знаю... У ней жаръ... и затѣмъ тошнота... Elle a déjà vomit plusieurs fois et puis... elle a desenterie...

Послѣднія едова она произнесла почти шопотомъ.

Петръ Петровичъ схватился за голову.

— Этого еще не доставало!— вскричалъ онъ...— Вотъ!.. Вотъ! Это все твои недосмотры!.. Твое воспитаніе!.. И что это Кадынцевъ не ѣдетъ, обѣщался заѣхать...

— И исполнилъ обѣщаніе,— сказалъ Кадынцевъ, приподнявъ портьеру и войдя въ кабинетъ.

— Отецъ родной!.. Вы слышали?— спросилъ его Петръ Петровичъ, бросившись къ нему навстрѣчу и пожимая его руку.

— Не только слышалъ, но и видѣлъ Вѣру Петровну. Я только сейчасъ отъ нея. Она теперь спитъ.

IV

Когда Кадынцевъ пріѣхалъ, то человѣкъ, снимавшій съ него пальто, сказалъ ему, что Вѣра захворала. Кадынцевъ прямо отправился къ ней въ ея комнату. Горничная опросила барышню и чрезъ нѣсколько минутъ впустила его.

Вѣра лежала на кушеткѣ все въ томъ—же пеньюарѣ, въ которомъ онъ видѣлъ ее утромъ, лежала покрытая теплымъ ваточнымъ одѣяломъ и лисьимъ салопомъ.

Лицо ея было синевато блѣдно, но покойно и даже весело.

— Здравствуйте!— сказала она упавшимъ голосомъ, протягивая ему руку...— А я испытала...

— Что такое, что вы испытали?

— Холера у него, у Данилыча явилась отъ воды. Я выпила стаканъ этой воды, которую онъ пилъ... Вы знаете... прямо изъ крана... И вотъ вы видите...

— И для этого опыта вы рисковали собой! своей жизнью! — вскричалъ онъ съ ужасомъ.

— Ну! такъ что — жъ?.. Если — бы и вы рисковали жизнью въ вашихъ опытахъ, то повѣрьте, что вы теперь гораздо болѣе — бы знали.

— Да какъ — же это можно!.. Какъ — же рѣшиться...

— Вы видите, что я рѣшилась, — сказала она съ торжествомъ.

Кадынцевъ пожалъ плечами, взялъ ее за руку, чтобы пощупать пульсъ и затѣмъ сдѣлалъ ей нѣсколько вопросовъ относительно припадковъ ея болѣзни, на которые она отвѣчала съ улыбкой.

Наконецъ, онъ сказалъ:

— Это, Вѣра Петровна, у васъ все творить ваша экзальтація, глупая и противная, простите вы меня...

— Да если — бы больше было этой экзальтаціи... — проговорила Вѣра, — то было — бы лучше. Веселѣе было — бы жить на свѣтѣ.

Она сдѣлала нѣсколько судорожныхъ движеній ногами, нахмурилась и закусила нижнюю губу.

"Теперь не должно съ ней спорить и раздражать ее", — подумалъ Кадынцевъ.

— Оставимте теперь, — сказалъ онъ, — всѣ эти споры... Вамъ теперь необходимъ покой. Отъ этого покоя, помните, зависитъ теперь спасеніе вашей жизни... Что вы принимали до сихъ поръ?

Но она не отвѣтила на этотъ вопросъ.

— Вы говорите,— проговорила она съ усиліемъ,— что отъ этого зависитъ спасеніе моей жизни... Какъ будто эта жизнь какое—то сокровище, которое нужно спасать...

— Вѣра Петровна, оставимте теперь эти теоріи... прошу васъ...

Но она сдѣлала рѣзкое движеніе, отбросила полу салопа, лежавшаго на ея ногахъ и приподнялась, на рукахъ.

— Вы говорите, что жизнь моя зависитъ отъ покоя? А могу—ли я быть покойна... когда меня мучитъ сомнѣніе и внутреннее безпокойство.

— Что—же васъ мучитъ?

— Да все! — и она опрокинулась на подушки, нахмурилась и заплакала.

— Вѣра Петровна!.. я, какъ врачъ, обращаюсь къ вамъ съ покорнѣйшей просьбой... будьте благоразумны и хладнокровны.

— Меня мучитъ и то, что Данилычъ захворалъ, и то что онъ и семья его живутъ въ какихъ—то подвалахъ среди чада и вони... Развѣ вы согласились—бы жить тамъ, гдѣ онъ теперь живетъ съ семьей, съ женой и дѣтьми?..

И она плакала.

— Вѣра Петровна! я умоляю васъ!.. Оставьте это теперь... У насъ еще будетъ время... дайте теперь овладѣть болѣзнью.

Она быстро сбросила салопъ и одѣяло и встала съ кушетки. Глаза ея горѣли... Все лицо дышало энергіей.

— Вы думаете, что я боюсь вашей холеры... Не боюсь я ея и ничего не боюсь... Я теперь здорова — совершенно здорова. На меня теперь нашла бодрость духа... И никакая холера мнѣ не страшна.

— Вѣра Петровна!— вскричалъ Кадынцевъ...— Эта бодрость духа самая обманчивая вещь... она быстро пройдетъ.

— Да! пройдетъ и человѣкъ будетъ опять тряпкой, трухой и животнымъ... А если—бы вы воспитывали и поддерживали въ немъ эту энергію, то вся ваша аптека—бы... къ чорту пошла, и она схватила со столика какіе—то пузырьки и сбросила ихъ на полъ.

Пузырьки разбились и жидкость, которая была въ нихъ, пролилась.

— Вѣра Петровна!— вскричалъ Кадынцевъ...— Я ухожу! Мнѣ здѣсь нечего дѣлать. Вы раздражены, внѣ себя.

И онъ рѣзко повернулся и пошелъ къ дверямъ.

— Постойте!— вскричала она повелительно...— Бѣжать можно отъ всего... только отъ правды и совѣсти никуда не убѣжишь... А вы бѣжите отъ правды... Вы видите, что безъ всякихъ лѣкарствъ... одинъ внутренній подъемъ духа изгоняетъ болѣзнь... Зачѣмъ—же вамъ эти глупыя лѣкарства... эта соляная кислота?.. Одинъ изъ васъ предлагаетъ кислоту, другой — щелочь.

— Никто не предлагалъ никогда щелочи. Это вы опять фантазируете.

Но Вѣра уже не слушала его. Она была въ томъ возбужденіи, которое парализуетъ всякую чувствительность, которое подчиняется только интимной, сердечной идеѣ человѣка и подчиняетъ ей весь организмъ.

— Вы воображаете,— говорила она твердымъ голосомъ,— что знаніе дается тому, кто, не любитъ... Вы жестоко ошибаетесь!.. Только чистымъ сердцамъ дается вѣдѣніе.

"Господи!— думалъ Кадынцевъ — и откуда, откуда у ней берется этотъ восторженный, ветхозавѣтный слогъ!"

— А вы отъ него, отъ этого чистаго вѣдѣнія убѣгаете!

— Вѣра Петровна,— вскричалъ онъ умоляющимъ голосомъ.— Ей Богу... я сейчасъ—же уйду и онъ рѣшительно повернулъ къ двери.

Она замолкла. Онъ взглянулъ на ея лицо и вдругъ бросился къ ней. Лицо ея сдѣлалось страшно блѣднымъ. Она пошатнулась, и онъ подхватилъ и поддержалъ ее. При этомъ его поразилъ крѣпкій, одуряющій запахъ какихъ—то сильныхъ духовъ, которыми, казалось, было пропитано ея платье и даже вся ея комната.

Онъ тихо, бережно, какъ малаго ребенка, поддержалъ ее и уложилъ на кушетку... Она дышала тяжело и при каждомъ выдыханіи легкій, едва слышный стонъ вылеталъ изъ ея груди.

Кадынцевъ взялъ стулъ и сѣлъ подлѣ кушетки.

Она долго лежала неподвижно. Наконецъ, дыханіе ея сдѣлалось ровнымъ, покойнымъ. На щекахъ выступилъ румянецъ, на всемъ тѣлѣ потъ и она тихо заснула.

Кадынцевъ еще посидѣлъ около нея нѣсколько минутъ. Затѣмъ глубоко вздохнулъ, тихонько всталъ и на цыпочкахъ пошелъ въ кабинетъ Петра Петровича.

"Не приведи Богъ, — думалъ онъ, — имѣть дѣло съ психопатками".

Проходя по коридору, онъ встрѣтилъ горничную и сказалъ ей внушительно: "Не входите къ ней. Не будите ее. Какъ можно тише и осторожнѣе. Вы понимаете?!"

Горничная молча кивнула головой.

Идя въ кабинетъ къ Петру Петровичу, онъ думалъ: "Можетъ быть, сильнымъ возбужденіемъ, потрясеніемъ всей ея физики и разрѣшится эта болѣзнь... Потъ и сонъ добрые помощники натуры".

V

Гости собрались къ обѣду. Пшервицкій намѣревался удрать,

но подумалъ, что можетъ быть что—нибудь здѣсь и перепадетъ, не даромъ—же Петръ Петровичъ угощалъ обѣдомъ князя N. и Константина Петровича. А холера не съѣстъ.

И онъ согласился на уговоры Петра Петровича остаться обѣдать.

Къ концу обѣда всякая мысль о холерѣ у всѣхъ присутствующихъ совершенно исчезла.

Евдокія Федоровна, просидѣвъ у постели больной около получаса и убѣдившись, что она спитъ покойно, ушла въ столовую. Впрочемъ, она усадила дѣвушку подлѣ ея постели и строго—на—строго наказала ей, чтобы она сейчасъ—же бѣжала къ ней, если Вѣра проснется.

Но она не просыпалась.

Подали шампанское. Петръ Петровичъ предложилъ тостъ за желѣзную дорогу въ Сибирь. Эта дорога тогда была только въ самомъ интимнѣйшемъ проектѣ.

Константинъ Петровичъ предложилъ тостъ за Петра Петровича, какъ за старѣйшаго строителя русскихъ желѣзныхъ дорогъ. Князь N., который вообще считался "виверомъ", разсказалъ кстати какой—то современный анекдотъ, гдѣ фигурировала желѣзная дорога и женщина — хорошенькая баронесса. Петръ Петровичъ отъ души хохоталъ и разсказалъ анекдотъ, въ которомъ фигурировала еще болѣе хорошенькая, женщина и самый анекдотъ былъ еще интимнѣе и откровеннѣе.

Въ это время лакей доложилъ Евдокіи Федоровнѣ, что Вѣра Петровна просить къ себѣ ея пр—ство и Евдокія Федоровна пошла, не торопясь и сожалѣя, что ей не удалось дослушать окончаніе анекдота.

Она застала въ комнатѣ Вѣры Кадынцева. Онъ уже болѣе часа сидѣлъ у ней и ухаживалъ за больной.

Когда онъ вошелъ къ ней, она уже лежала пластомъ на кушеткѣ. У ней былъ сильный жаръ... Глаза горѣли. Губы сохли. Она тяжело дышала.

"Реакціи не произошло!— подумалъ Кадынцевъ,— это скверно!"

— Какъ вы чувствуете себя? спросилъ онъ ее.

— Ничего!.. Такъ себѣ... отвѣтила она задыхаясь.— Я, знаете—ли, все думала теперь... Отчего люди не любятъ людей?..

— Вамъ теперь меньше всего нужно думать объ чемъ—бы то ни было.

— Какъ—же? удивилась она... Безъ думы!.. такъ лучше... Думы вѣдь мѣшаютъ чувству, или чувство мѣшаетъ думамъ. И все это пустякъ... Белиберда! ерунда!!..

Она остановилась и вытянула руки, а ноги ея свела судорога. И по всему лицу ея прошла какъ будто также судорога. Брови сдвинулись и мышцы щекъ и челюстей сократились. Она закусила нижнюю губу. Краска на нѣсколько мгновеній прилила ей къ лицу. Затѣмъ вся она какъ будто опустилась, поблѣднѣла и прошептала:

— Больно!..

Дыханіе ея было коротко и прерывисто. Глаза какъ—бы остолбенѣли и уставились прямо на Кадынцева. Онъ торопливо схватилъ и сталъ щупать пульсъ.

— Вамъ,— сказалъ онъ тихо и какъ—бы задумчиво,— необходимо теперь беречь свои силы...

Она пошевелила рукой и тихо спросила:

— Къ чему?

— Какъ къ чему?! Чтобы жить...

Она ничего не отвѣтила и только спустя нѣсколько минутъ тихо, съ усиліемъ прошептала:

— Жить, чтобы беречь силы... беречь силы, чтобы жить... Глупо!..

Прошептавъ эти слова, она замолкла. Кадынцевъ пристально и тревожно смотрѣлъ на ея лицо.

"Комотозный процессъ уже начался, думалъ онъ. Преодолѣеть или нѣтъ?! Кто побѣдитъ, сила жизни или сила смерти... сила жизни! Да что это такое!!"

Онъ снова тихо пощупалъ ея пульсъ... Затѣмъ быстро всталъ и почти бѣгомъ бросился въ коридоръ, гдѣ стояла дѣвушка,

— Попросите поскорѣе,— сказалъ онъ ей,— вина, шампанскаго... у нихъ, вѣроятно, найдется... Вы поняли... скорѣй, скорѣй!

Дѣвушка поняла только, что нужно скорѣе шампанскаго и опрометью бросилась по длинному коридору.

"Вѣрно барышнѣ захотѣлось шампанскаго, думала она.— У ней, что захочеть, то и дай, да выложи... то—то скорѣе, скорѣе!"

И она сказала Семену буфетчику, что барышнѣ надо шампанскаго.

— Да вѣдь она больна.

— Дохторъ приказалъ.

— Ну! Дохторъ?! Не околѣеть безъ шампанскаго—то. Подождеть.

А Кадывцевъ считалъ секунды, держа часы въ одной рукѣ, а другою — держа руку Вѣры за ея пульсовую артерію.

Пульсъ тихій, едва замѣтный, вдругъ сдѣлалъ нѣсколько полныхъ сильныхъ удара. "Это перебои", подумалъ Кадынцевъ.

Но за этими перебоями слѣдовали ровные полные удары — и все лицо Вѣры зацвѣло яркимъ румянцемъ.

Она широко раскрыла глаза, широко раскрылись ихъ зрачки, такъ что цвѣтъ глазъ изъ голубо—сѣраго сдѣлался почти чернымъ.

"Что за чортъ! подумалъ Кадынцевъ. Это опять какой—то сюрпризъ. Вѣрно въ ея исковерканной натурѣ все идетъ не такъ, какъ у другихъ людей".

— А я знаю, о чемъ вы думаете!— сказала Вѣра голосомъ окрѣпшимъ, но какимъ—то сиплымъ.— Вы думаете, что у меня натура безалаберная... А почему вы знаете, можетъ быть моя натура болѣе нормальна, чѣмъ ваша... Вѣдь попадаютъ—же изъ юродивыхъ въ блаженные и святые!..

— Вѣра Петровна!— сказалъ Кадынцевъ серьезно...— Я прошу! Я умоляю васъ! Не играйте жизнью... Можетъ быть, теперь это послѣдняя вспышка ея... послѣдняя надежда...

— А вотъ и шампанское! проговорила она, протягивая руку къ Дуняшѣ, которая въ это время вошла съ маленькимъ серебрянымъ подносомъ, на которомъ стояла откупоренная уже бутылка шампанскаго съ двумя плоскими бокалами.

Кадынцевъ быстро привсталъ, обернулся и, взявъ бутылку, налилъ одинъ изъ бокаловъ и подалъ его Вѣрѣ.

— Выпейте!— сказалъ онъ,— чтобъ поддержать ваши силы.

— Хорошо! Я люблю шампанское...

Она хотѣла приподняться и не могла. Сильная краска быстро выступила на ея лицѣ и также быстро сбѣжала. Она поблѣднѣла.

Кадынцевъ поддержалъ ее и помогъ ей поднести бокалъ къ губамъ. Она почти залпомъ выпила полбокала и остановилась.

— Пейте все!— настаивалъ Кадынцевъ. — Это не повредитъ.

Она выпила остальное и тихо опустилась на подушки.

— Я пьяна!— прошептала она съ улыбкой.— За чье—же здоровье я теперь выпила?..

— За ваше собственное.... Только постарайтесь его сохранить.

— Ннѣтъ! Я выпила за здоровье больной медицины... Она все еще больна, бѣдняжка!.. Ее лѣчатъ аллопатіей, гомеопатіей, гидропатіей... невропатіей... гипнотизмомъ...

— Вѣра Петровна! Я прошу васъ, не разговаривайте... будьте покойны! Постарайтесь уснуть!.. Ради Бога!

— А вы вѣрите въ Бога?..

Онъ ничего не отвѣтилъ и она снова тихо заговорила:

— Сонъ есть покой... Сонъ смерти — глубокій покой!..

Она говорила, закрывъ глаза, облизывая губы и, тяжело дыша постоянно перебирала руками... Прошло полчаса, цѣлый часъ... Кадынцевъ терпѣливо сидѣлъ и ждалъ. Краска медленно сходила съ ея лица, она угасала, какъ отблескъ далекой зари. Дыханіе становилось медленнѣе, хрипотнѣе.

Кадынцевъ въ сильной тревогѣ слѣдилъ постоянно за ея пульсомъ. Онъ прикладывалъ ухо къ ея груди.

— Вѣра Петровна!— наконецъ позвалъ онъ.— Вѣра Петровна! Выпейте еще вина!..

Она медленно открыла одинъ глазъ и этимъ глазомъ тускло, смутно посмотрѣла на него.

— Данилычъ!.. тихо, чуть слышно проговорила она.— Данилычъ... и все сонъ...

И она начала дышать коротко, прерывисто, хрипотно.

Въ это время въ комнату вошла Евдокія Федоровна. Она была красна отъ выпитаго вина.

Кадынцевъ быстро поднялся со стула и, подойдя къ ней, проговорилъ испуганнымъ шопотомъ:

— Необходимо позвать священника... Скорѣе, если возможно...

Евдокія Ѳедоровна раскрыла ротъ и остановилась въ недоумѣніи.

— Скорѣе! Скорѣе! повторялъ Кадынцевъ и, безъ церемоніи взявъ ее подъ руки, повернулъ ее къ дверямъ.

— Je ne pensais pas que c'est si pressé!.. проговорила Евдокія Ѳедоровна растеряннымъ голосомъ и вышла.

VI

Черезъ полчаса пришелъ священникъ. Это былъ весьма почтенный батюшка, неимовѣрно толстый, красный и сѣдой, какъ лунь.

"Во имя Отца и Сына и Св. Духа", сказалъ онъ, крестясь и входя въ комнату. Онъ говорилъ задыхаясь; у него была одышка. На груди его висѣла дарохранительница въ черномъ бархатномъ футлярѣ съ серебрянымъ крестомъ.

Громко крякнувъ, онъ подошелъ къ постели больной и тяжело опустился на стулъ подлѣ ея изголовья.

Затѣмъ онъ пристально посмотрѣлъ въ ея лицо и о чемъ то спросилъ хриплымъ, старческимъ голосомъ, который остался у него отъ прежняго густого баса, когда онъ былъ еще архидіакономъ.

Больная ничего не отвѣтила. Она смотрѣла на него мутнымъ, потускнѣвшимъ глазомъ и дышала хрипло и отрывисто.

Онъ обратился къ Евдокіи Федоровнѣ и тихо спросилъ:

— У святаго—то причастія онѣ бывали?

Евдокія Федоровна не вдругъ отвѣтила. Она до сихъ поръ не могла еще понять, что Вѣра умираетъ и что ее исповѣдуютъ и причащаютъ.

— Бывала... какъ—же бывала... Мы вѣдь съ ней вмѣстѣ у васъ въ прошломъ году говѣли...

И при этомъ она вдругъ почему—то умилилась и заплакала.

Батюшка медленно поднялся со стула, тяжело вздохнулъ, вынулъ изъ кармана подрясника подержанный требникъ и, развернувъ его, обратился къ маленькому образку, висѣвшему въ углу и довольно громко и хрипло возгласилъ:

91

— Владыко Господи Вседержителю, отъ Господа нашего Іисуса Христа иже всѣмъ человѣкомъ хотяй спастися, — затѣмъ понизилъ голосъ и началъ читать довольно бѣгло, глотая слоги и цѣлыя слова и провозглашая только нѣкоторыя фразы ясно и отчетливо: "И молися Ты дѣемъ, душу рабы Твоей Вѣры отъ всякія узы разрѣши"...

Пробормотавъ отпускъ, онъ наклонился къ Вѣрѣ и началъ спрашивать ее тихо, не слышно для всѣхъ. Но умирающая молчала. Затѣмъ онъ вынулъ дарохранительницу изъ футляра и взявши, лжицу, долго, дрожащими руками выбиралъ изъ дарохранительницы причастіе. Взявъ нѣсколько крошекъ его на лжицу, онъ еще разъ пристально посмотрѣлъ на Вѣру. Затѣмъ, оглянувшись на присутствующихъ, тихо спросилъ:

— Пріиметъ или не пріиметъ?..

И не дожидаясь отвѣта, наклонился надъ умирающей и далъ ей причастіе. Она приняла...

• • • • • • • • • • • • • • • • • • •

Въ это самое время гости Петра Петровича и самъ онъ сидѣли въ угловомъ салонѣ, гдѣ была выставленная въ окнѣ—балконѣ голая статуя Фисбы — работы знаменитаго Праделли. Всѣ они сидѣли вокругъ небольшого круглаго столика, на которомъ стоялъ нарядный кабачекъ съ инкрустаціями. Передъ каждымъ гостемъ была рюмочка съ ликёромъ — шартрезомъ, бенедиктиномъ или кремъ—ванилью.

Всѣ курили немилосердно настоящія Regalia flora и Ronparabile, всѣ были веселы и шумны, какъ обыкновенно бываютъ люди, послѣ хорошаго обѣда и хорошихъ винъ. Всѣ были красны, моложавы. Петръ Петровичъ досказывалъ одно происшествіе, которое случилось съ нимъ во дни его молодости, въ Дрезденѣ...

— Я говорю ей... такимъ образомъ — и онъ всталъ, разставилъ ноги и наклонился...— Peut—être, madame... veux s'élargir...

Собесѣдники громко захохотали. А одинъ, сильнѣе другихъ подкутившій, даже хохоталъ съ какимъ—то привизгиваньемъ, схватившись за грудь.

Въ это время вошелъ камердинеръ, торопливо подошелъ къ Петру Петровичу и прошепталъ, наклонясь надъ его ухомъ:

— Ваше пр—ство, барышня умираютъ—съ.

Петръ Петровичъ спросилъ: "что!?" И вдругъ, не разслышавъ, что онъ докладывалъ, вскипѣлъ на него и проговорилъ ему сердитымъ шопотомъ:

— Пошелъ вонъ, дуракъ!!...

И снова повторилъ свою пантомиму. Гости опять захохотали...

***

Ночью умеръ Данилычъ.

Когда Кадынцевъ утромъ уходилъ отъ него, то онъ былъ въ твердой увѣренности, что Данилычъ выздоровѣетъ. Но Данилычъ былъ страстный охотникъ до осетрины и уговорилъ жену дать ему два ломтика изъ оставшейся отъ господскаго стола. Онъ съѣлъ ихъ съ аппетитомъ и запилъ грушевымъ квасомъ, до котораго былъ также страстный охотникъ. Почти тотчасъ—же съ нимъ сдѣлался рецидивъ. И къ утру его не стало...

Когда Петръ Петровичъ узналъ, по отъѣздѣ гостей, о смерти Вѣры, то онъ былъ сильно тронутъ и въ то—же время у него явилось три утѣшенія: во—первыхъ, онъ сохранитъ тѣ 200,000, которыя онъ долженъ былъ отдать въ ея приданое. Во—вторыхъ, онъ освободится теперь (упокой Господи ея душу) отъ безумныхъ и неприличныхъ выходокъ, которыя даже вредили его государственной службѣ, компрометируя его, какъ отца недостаточно строгаго и благоразумнаго. Наконецъ, въ—третьихъ — теперь, вѣроятно, онъ получитъ звѣзду Александра Невскаго, которую доставитъ ему князь Александръ Петровичъ, comme un signe de condoléance... И онъ напустилъ на себя гораздо больше грусти и соболѣзнованія, чѣмъ дѣйствительно было въ его душѣ, въ особенности во время панихидъ, на которыхъ присутствовали и князь Александръ Петровичъ и даже самъ министръ.

Тѣло Вѣры набальзамировали. Петръ Петровичъ не жалѣлъ денегъ на ея похороны. Ее отпѣвали въ той—же приходской церкви, въ какой отпѣвали и Данилыча, но отпѣвали на другой день послѣ его похоронъ. Петръ Петровичъ нашелъ, что было—бы неприличнымъ отпѣвать въ одной и той—же церкви его дочь рядомъ съ его поваромъ.

Пшервицкій положилъ на гробъ роскошный вѣнокъ.

— Вѣдь это была ваша невѣста?— спрашивали его товарищи.

— Почти...— отвѣчалъ Пшервицкій небрежно и пожималъ плечами..

Когда Кадынцевъ возвращался съ похоронъ на извозчикѣ, то въ его ушахъ постоянно раздавалась элегія, которую когда—то, во дни его пылкаго и мечтательнаго юношества, онъ зналъ наизусть:

Цвѣла и блистала, и радостью взоровъ была,
Младенчески съ жизнью играла и смерть на битву звала,
И вызвавъ, безъ боя, въ добычу нещадной,
Съ презрѣніемъ бросивъ покровъ свой земной,
Отъ плачущей дружбы, любви безотрадной,
Въ эфиръ унеслася крылатой душой.

— Да гдѣ—же тутъ любовь и дружба?— удивлялся онъ, пожимая плечами.— Нѣтъ встарину люди были непростительно глупы!.. Вездѣ у нихъ была элегія и глупый романтизмъ!

СОНЪ ХУДОЖНИКА ПАПИЛЬОНА

(картинка)

Художникъ Папильонъ вернулся домой ровно въ три часа пополуночи.

Сонная горничная, растрепанная, съ заспанными, опухшими глазами и губами, впустила его, цѣломудренно придерживая рубашку на груди, и сняла съ него соболью шубку.

Папильонъ очутился въ роскошномъ, маскарадномъ костюмѣ Henri IV, который удивительно шелъ къ его красивому лицу, къ его стройной, изящной фигурѣ.

Онъ зажегъ свѣчу и еще разъ съ невольнымъ кокетствомъ оглянулъ костюмъ въ зеркалѣ. Все лицо его, окаймленное немного жидкими, но очень красиво вьющимися черными прядями волосъ, сіяло довольствомъ и счастьемъ, которое блестѣло маслянымъ блескомъ въ его карихъ, немного воспаленныхъ глазахъ, въ кончикахъ ухарски закрученныхъ усовъ, и щегольской, шикарной эспаньолеткѣ.

Словомъ, онъ представлялъ изъ себя живую картину довольства, и съ наслажденіемъ и съ гордостью любовался этой картиной, какъ истый художникъ.

Затѣмъ, еще разъ оглянувъ прощальнымъ взглядомъ малиновую, всю вышитую золотомъ и подбитую бѣлымъ атласомъ мантію, онъ рванулъ ее съ плечъ. Золотые шнуры зацѣпились за изумрудный аграфъ, что—то затрещало, что—то отлетѣло. Папильонъ съ бѣшенствомъ, энергично, непечатно выругался и швырнулъ мантію на диванъ, она упала на край, тяжело скользнула и упала на полъ. Потомъ онъ принялся шарить въ карманахъ маленькаго бархатнаго камзола. Вынулъ серебряный портсигаръ и съ нимъ вчетверо сложенную бумажку,— и вдругъ все лицо его мгновенно перемѣнилось. Брови раздвинулись, на полныхъ губахъ снова появилась улыбка довольства, глаза прищурились и засіяли. Сбросивъ бархатный коллеть, онъ кинулся къ столу, схватилъ карандашъ и лоскутокъ бумаги и принялся бойко чертить, склоняя голову то направо, то налѣво, прищуриваясь, отодвигаясь, придвигаясь, то нахмуривая брови, то опять ихъ расправляя и постоянно улыбаясь. Наконецъ, рисунокъ былъ конченъ. Онъ посмотрѣлъ на него съ полминуты, всталъ, отошелъ и принялся раздѣваться, не спуская съ него глазъ. Разстегнувъ помочи, онъ опять какъ— то лихорадочно схватилъ карандашъ, ударилъ по рисунку въ нѣсколькихъ мѣстахъ сильными штрихами, опять отошелъ, любуясь и вглядываясь въ евого работу.

Что—же онъ начертилъ?

Маленькую женскую подвязку. Она вилась полукругомъ,

красивыми, нѣжными складками, вся отороченная тонкими, ажурными кружевами. Въ его воображеніи эта подвязка рисовалась въ видѣ розовой ленты, сдѣланной изъ эмали и подложенной золотомъ, ленты, отороченной филиграновыми, серебряными кружевами. Однимъ словомъ, это была самая оригинальная, самая изящная цѣпочка къ часамъ...

— Mais vous rendrez la chose... звучитъ и дрожитъ у него въ ушахъ нѣжный, пѣвучій, молящій голосокъ.

— Non, madame, je la garderai, comme gage de l'estime, comme un souvenir, je la porterai à ma montre et "hony soit qui mal y pense".

Но онъ долженъ былъ все—таки возвратить ее — этой очаровательной маркизѣ, которая такъ мило, такъ восхитительно сгорѣла, когда онъ нагнулся и поднялъ эту обворожительную узенькую подвязку у ея ногъ.

— Vous pillez à la grande route, monsieur... comme un turc...

— Non... je profite d'une liaison, que m'envoie le destin, et je reste ferme sur mes jarrets, en attendant que vous me permettrez de vous j arrêter.

— Etes—vous fou?

— De l'amour!.. Madame!

И какой взглядъ черныхъ жгучихъ, немигающихъ глазъ!. А ручки?.. пухленькія, крошки... А ножка?.. малютка, невиданная, неслыханная... гордость, удивленье, наслажденье всѣхъ художниковъ цѣлаго міра... А умъ... искристый, блестящій, настоящій l'ésprit caustique, pur sang... И какимъ ароматомъ, какой атмосферой свѣжести, красоты, изящества окружена вся ея стройная, граціозная, соблазнительная фигурка! И какъ хороши эти роскошные, пепельные волосы надъ высокимъ, прямымъ лбомъ, и эта маленькая ямка на лѣвой щечкѣ, и эти алыя губки, за которыми мелькаютъ ровные, мелкіе, фарфоровые зубки.

Папильонъ сѣлъ на постель, на широкій диванъ, прикрытый роскошнымъ персидскимъ ковромъ. Онъ облокотился и тяжело дышалъ, а глаза его искрились и меркли. Образъ маркизы въ сѣромъ, серебристомъ платьѣ съ голубыми воланами, образъ, полный очарованья, стоялъ передъ нимъ, какъ живой. Онъ и жаждалъ, и молился. Чувство нѣмой страсти, обожанія кипѣло, боролось въ его сердцѣ, то чувство, гдѣ душа человѣка колеблется на распутьи, готовая каждую секунду упасть въ очаровательную бездну сладострастія или подняться и унестись въ свѣтлый міръ на лучезарныхъ крыльяхъ святой молитвы.

Тонкій чарующій, раздражающій запахъ носился вокругъ него, тотъ нѣжный, сладкій ароматъ, которымъ, казалось, было проникнуто все существо маркизы.

Вдругъ случайно глаза его упали на записку, лежавшую на столикѣ передъ постелью, онъ машинально посмотрѣлъ на нее, и брови его сдвинулись... сіянье исчезло съ лица. Записка была дѣловая, она напоминала ему ясно и твердо, что послѣ завтра онъ долженъ въ 12 часовъ уплатить по векселю тысячу рублей... Тысячу рублей!.. а у него въ карманѣ нѣтъ и тысячи копѣекъ!..

Онъ всталъ и началъ быстро, порывисто сбрасывать съ себя платье.

"Чортъ знаетъ! подумалъ онъ.— Если—бы у меня было 40, 30, ну, наконецъ, 20 тысячъ доходу!.. Если—бъ я могъ развязаться съ своимъ отвратительнымъ, подлымъ ремесломъ. Я сейчасъ, сію минуту изломалъ—бы всѣ кисти и вышвырнулъ—бы въ окно всѣ этюды, въ печь... все къ чорту — и онъ швырнулъ бархатные панталоны въ уголъ.— "Подлая жизнь! Майся, возись, точно вьючный скотъ, изъ—за грошей!"..

Огарокъ догорѣлъ, и стеклянная бабешка, накалившись отъ жару, лопнула. Стекла со звономъ упали на столикъ.

Онъ съ ожесточеніемъ плюнулъ на свѣчку и пламя, вспыхнувъ и затрещавъ, погасло. Удушливый дымъ тонкой волнующейся струйкой полетѣлъ отъ свѣтильни, и мракъ воцарился въ комнатѣ, но лунный, косой лучъ упалъ въ уголъ и заигралъ въ этомъ углу. Заигралъ на грудѣ костюмовъ, на серебряномъ глазетѣ, на узорахъ парчи, на голубомъ хрусталѣ граненой курильницы. Явилось такое интересное пятно, что Папильонъ забылъ и свой гнѣвъ и свое горе и свою страсть. Онъ щурился, приглядывался, отодвигалъ и придвигалъ голову. Наслажденье было полное, подавляющее, художественное...

Да и весь онъ, вся жизнь его не была—ли одно могучее, порывистое стремленіе къ наслажденію? Яркимъ солнечнымъ пятномъ мелькали къ ней любовь, женщины, блескъ, трепетъ жизни, чувственность, влеченія, музыка удовольствій, возвышенные, благородные порывы и дѣтскіе восторги. Она вся представляла какой—то чудовищный калейдосковъ, восточную пеструю сказку, въ которой мелькали очаровательныя пери и отвратительныя чудовища, сіяніе, ароматъ роскошныхъ садовъ, ликующія дѣвы, блестящія костюмы, и мракъ темницъ, и звонъ цѣпей въ глухихъ подземельяхъ. Все было нарублено съ плеча, бѣшено, безумно и все сливалось въ удивительную гармонію пестрой, фантастической, восточной красоты.

Онъ отодвинулся, любуясь, откинулся на подушку. Слегка вздрогнулъ нервной дрожью, зѣвнулъ и облокотился на руку. Глаза его щурились и слипались. Ему жаль было разстаться съ красивымъ, блестящимъ пятномъ. Вдругъ сквозь тонкую дрёму перваго сна, ясно вырѣзалось передъ этими глазами блѣдное лицо съ высокимъ, полысѣлымъ лбомъ и черной окладистой бородкой, лицо очень хорошо знакомое ему, талантливаго художника Вэ.

"Свинья!" проворчалъ онъ съ озлобленіемъ и энергически плюнулъ. Плевокъ прямо пролетѣлъ на какой—то дорогой костюмъ, валявшійся на полу. Затѣмъ онъ съ озлобленіемъ порывисто повернулся и закутался въ одѣяло.

Дѣло въ томъ, что столкновеніе съ художникомъ Вэ было самое выдающееся изъ всѣхъ происшествій этого утра, заслонившее всѣ другія впечатлѣнія и вставшее въ его полусонной головѣ съ живостью галлюцинаціи.

Ему вспомнились слова Вэ.

— Я, ваше—ство, смирный, безобидный идеалистъ, я

пасторъ, — говорилъ Вэ съ смиреннымъ видомъ, стоя въ мастерской Папильона, передъ его картиной, — а это сатирикъ, юмористъ... съ отрицательнымъ направленіемъ...

— Да! Да! это совершенно правда! — говорилъ его — ство.

"Этакая свинья! смиренный пасторъ!.. Ракалія подлая"!.. вскрикиваетъ Папильонъ, и глаза его сверкаютъ даже въ темнотѣ ночи.

"И среди этакихъ уродовъ, лгуновъ я долженъ жить. Да отъ одного этакого товарищества слѣдовало — бы убѣжать хоть въ омутъ... въ озеро... въ таръ — тарары... Рясоѣдовъ, Весюнцовъ, Камскій, Лизоблюдовъ, Ердыщагинъ, Кишкинъ, этакая коллекція!.. И каждый, каждая ракалія силится изъ всѣхъ силъ тебѣ нагадить!.. Подборъ алеутовъ, моржей... тьфу!.. Даже тошнитъ!..

И онъ съ ожесточеніемъ перевернулся къ стѣнѣ и лежалъ нѣсколько минутъ, усиленно зажавъ глаза и стиснувъ зубы.

Порывъ волненія мало по малу утихалъ. Нервная дрожь пробѣжала по тѣлу. Онъ закутался крѣпче въ одѣяло и съ наслажденіемъ зѣвнулъ... Чувство успокоенія тихо разлилось, побѣжало волнами по всѣмъ членамъ. Сладкій, убаюкивающій шумъ робко зашумѣлъ въ ушахъ, въ головѣ...

Вдругъ смутный, неопредѣленный свѣтъ разлился по всей комнатѣ. Онъ съ удивленіемъ открылъ глаза и посмотрѣлъ кругомъ.

— Ба! да это освѣщеніе!

— Ха! ха! ха! брать, заспался!..— кричить басомъ колоссальный Кишкинъ и дружески, любовно треплеть его по плечу.— Забылъ, что у насъ сегодня собранье.

— Какое собранье?

— Какое?! ха! ха! ха! Да всероссійскихъ художниковъ, брать!.. Экъ тебя... того... завернуло... Все забылъ!

И Папильонъ вдругъ вспоминаетъ, что сегодня дѣйствительно собраніе.

Вся зала горить огнями. Здѣсь и Рясоѣдовъ, и Камскій, и Лизоблюдовъ, и Ердыщагинъ, и маленькіе Глоты и много, много всякихъ художниковъ, которыхъ онъ встрѣчалъ когда—то, гдѣ—то... Но все это такъ смутно, неопредѣленно...

Сердце его восторженно бьется. Оно все переполнено радостнымъ, праздничнымъ чувствомъ. Онъ трепетно ждсть чего—то великаго, свѣтлаго. Онъ бросился впередъ и столкнулся съ старшимъ Глотомъ, пейзажистомъ, сухощавымъ и сухимъ блондиномъ. Но этотъ сухой человѣчекъ весь преобразился. Куда дѣвались его надутость и надменность; онъ такъ просто, привѣтливо смотритъ. Его маленькіе бѣлесоватые глазки сіяють восторгомъ и добрымъ, искреннимъ чувствомъ. Онъ съ жаромъ, крѣпко, схватываеть руку Папильона.

— Дождались, милѣйшій Гликерій Ивановичь, дождались,— говорить онъ.

— Что?.. Чего дождались?!.

— Праздника, батюшка, великаго праздника братства и объединенія...

И вдругъ отъ этихъ словъ у Папильона сжимается горло, слезы подступаютъ къ сердцу... Онъ рванулся туда, впередъ... туда, гдѣ сильнѣе толпился народъ, гдѣ ярче блестѣлъ свѣтъ... Туда, гдѣ за громадной бѣлой занавѣсью что—то волнуется, что—то скрыто невѣдомое, милое, доброе, давно желанное...

Но на пути его останавливаетъ Ердыщагинъ.

— Постой, братъ!— говоритъ онъ.— Успѣешь! давай поцѣлуемся...

И сонные, маленькіе глазки его сіяютъ. Широкоскулое лицо смотритъ такъ человѣчно, такъ привѣтно, что Папильонъ самъ потянулся поцѣловать его по—братски.

И они цѣлуются по—русски, крестъ на крестъ... крѣпко—на—крѣпко,

— Вотъ такъ—то, братъ!— говоритъ степенно Ердыщагинъ. Вотъ это—то главное... это главное...

Но Папильонъ не слушалъ его. Онъ жадно рванулся впередъ, и опять на пути его выросъ длинный, длинный Рясоѣдовъ.

Онъ наклонился къ нему и схватилъ его за плечи.

— Слушай другъ!— кричитъ онъ, а самъ смѣется и плачетъ. Его маленькіе глазки блестятъ и бѣгаютъ, длинный носъ подпрыгиваетъ, длинный хохолъ трясется. Саркастическая, ядовитая улыбка превратилась въ такую комическую, добродушную.

— Слушай, другъ! — кричитъ онъ. — Возлюбимъ другъ друга и не будемъ язвить... Помогать будемъ другъ другу.... Общество ждетъ отъ насъ помощи... Соединимся вмѣстѣ, дружно — на общаго врага... Сокрушимъ, уничтожимъ... руку, руку!..

Папильонъ хочетъ крѣпко, отъ души, пожать ему руку и не можетъ. Какая—то слабость, вялость во всѣхъ его членахъ, что—то, словно волной, уноситъ его впередъ, впередъ...

— Тпру... стой! — кричитъ Камскій и останавливаетъ его на— лету. — Стой! товарищъ! Минута промелькнетъ, часъ прозвучитъ, и мечта исчезнетъ... Благо сошлись теперь, то сойдемся... крѣпче. Праздникъ великій, святой, союзъ братскій! Мы поняли теперь, что насъ разъединяло. Тлетворная личность. Перешагнемъ черезъ нее, безъ жалости, безъ сожалѣнья, на дѣло общее! Забудемъ для этого дѣла всѣ личные счеты и расчеты... всѣ дрязги! Во имя святого принципа соединимъ наши силы, встанемъ на высоту искусства и освѣтимъ бѣдному люду все темное. Пусть общество пойметъ и узнаетъ, гдѣ свѣтъ и правда и связь дружная во—едино!..

Папильонъ широко раскрылъ глаза. Онъ удивленно смотрѣлъ на умное лицо Камскаго и не могъ надивиться блеску глазъ и симпатичности его лица и голоса.

— Пойдемъ, братъ, того... впередъ... Всѣ они гнутъ тебѣ... того...

И его подхватываетъ Кишкинъ и несетъ его на рукахъ впередъ.

Онъ чувствуетъ его гигантскую мощь. Ему хорошо и отрадно, какъ малому ребенку на рукахъ матери. Онъ вспоминаетъ, какъ этотъ самый Кишкинъ внесъ его на рукахъ на одну изъ горъ въ Тиролѣ. Они вмѣстѣ ходили на натуру, дружно, по—братски, по—товарищески. День былъ солнечный, жаркій. Они вмѣстѣ взбирались на гору, и онъ упалъ въ изнеможеніи. Тогда Кишкинъ схватилъ его и внесъ на гору, внесъ, какъ малаго ребенка, со всѣми мольбертами и ящиками.

Но онъ видитъ, что на другомъ плечѣ Кишкина сидитъ кто—то, высокій, длинный, добродушный, всегда откровенный, вѣчно нуждающійся.

"Ба! да это Весюнцовъ... О! какъ онъ весело, заразительно смѣется. онъ сталъ точно ребенокъ... Онъ вѣрно пьянъ", думаетъ Папильонъ.

— Грядемъ Кишкинъ, грядемъ!— кричитъ Весюнцовъ.— Грядемъ, богатырь, Вова — силачъ могучій!

Но впереди сильное движенье, всѣ устремились туда, и на высокую кафедру, передъ волнующейся толпой, всходитъ ораторъ.

— Кто это? кто это?— раздается въ толпѣ.

Папильонъ смотритъ и не вѣритъ глазамъ. Да! это онъ. Его блѣдное лицо съ подысѣдымъ лбомъ и черной окладистой бородкой. Но въ этомъ лицѣ все какъ—то странно преобразилось. Вдохновенные глаза блестятъ и горятъ невыносимымъ блескомъ, и этотъ блескъ, словно изнутри, даетъ привлекательную силу, смыслъ и жизнь каждой чертѣ.

— Товарищи, други, братья!— говоритъ Вэ, ударивъ себя обѣими руками въ грудь, и его голосъ дрожитъ и прерывается отъ слезъ...— Сердце горитъ, душа вся трепещетъ... Великое счастье приспѣло! Великій день насталъ!.. Упала завѣса, рухнули перегородки!.. Мы познали, что мы ползали въ пыли, въ грязи личныхъ, мелочныхъ обидъ. Мы поняли куда уходили наши разрозненныя силы. Грызли мы другъ друга, терзали! Поѣдомъ ѣли. Дышалъ въ насъ темный духъ злобы, духъ братоубійства. Каждому хотѣлось встать выше, наступить на брата, засіять геніемъ. Зависть змѣиная душила насъ. Ненавистью переполнились сердца. Прочь! Прочь! Прочь! Змѣй Каина, прочь тьма Іуды—христопредателя... Солнце возсіяло намъ! Солнце мира, братской любви, дружнаго единенія. Поле наше широко, велика громадная обитель, идетъ она въ даль неизмѣримую, въ высь безконечную. Для каждаго изъ насъ свое мѣсто, каждому свой постъ въ великомъ святомъ дѣлѣ. Не для себя, не для каждаго изъ насъ должны мы трудиться, но для малыхъ изъ малыхъ, для нашихъ меньшихъ братій. Соединимся, сплотимся дружно, подымемъ высоко свѣточъ искусства... И въ даль широкую по лицу земли родной польются лучи его. Они освѣтятъ тьму темныхъ дѣлъ, подъ теплымъ свѣтомъ растаетъ ледъ безсердечія и пусть въ нашихъ дѣлахъ, въ нашихъ трудахъ заблестятъ, засверкаютъ вѣчныя, великія святыя слова: "братство, любовь, человѣчность".

И какъ только онъ произнесъ послѣднія слова, Папильонъ ясно почувствовалъ, какъ что—то обхватило его. Что—то широко раскрылось въ сердцѣ. Слезы хлынули изъ глазъ... Онъ обернулся... Гдѣ—же всѣ?.. Гдѣ Кишкинъ, Камскій, Рясоѣдовъ, Весюнцовъ... гдѣ?.. Кругомъ него люди—братья, въ сердцѣ звучитъ торжественный гимнъ. А впереди завѣса упала и свѣтъ, свѣтъ безъ конца льется ласковыми, влекущими волнами... Онъ потянулся къ этому зовущему, любящему свѣту... духъ захватило въ груди... слезы застилаютъ глаза...

Онъ широко раскрылъ ихъ и... проснулся.

Свѣтлый солнечный лучъ бьетъ въ окно. Слезы льются изъ глазъ, грудь тяжело дышитъ, и сердце нестерпимо бьется, бьется въ груди.

Онъ снова закрылъ глаза. Ему жаль было сна. Такъ онъ былъ далекъ отъ всего ненавистнаго, тяжелаго, что окружало его на яву; такъ фантастично, идеально прекрасенъ; такъ чуждъ и далекъ всѣхъ мелочей, грязи, мишурнаго блеска. Въ немъ было такое полное, такое чистое, неудовлетворенное наслажденіе...

Онъ ждалъ, не вернется—ли, не наступить—ли снова это благодатное, желанное чувство. Но дѣйствительность повелительно предъявляла свои права. Блѣднѣе и блѣднѣе становились воспоминанія. Явь, со всей холодной неумолимой трезвостью, проникала въ каждое представленіе и рисовала все въ иномъ дѣйствительномъ свѣтѣ. Каждое лицо являлось въ обыденномъ складѣ, съ обычными, раздражающими, колючими или угловатыми чертами... и такъ далекъ, не похожъ былъ этотъ складъ на то, что являлось во снѣ.

— Чепуха!— рѣшилъ онъ наконецъ, потянулся и широко зѣвнулъ. Затѣмъ, быстро приподнявшись, посмотрѣлъ на часы, которые лежали на столикѣ.

Стрѣлки показывали около 12. Онъ сбросилъ одѣяло, накинулъ щегольской, бухарскій халатъ, всунулъ босыя ноги въ настоящія Китайскія туфли и бросился къ умывальнику.

Съ наслажденіемъ, нѣсколько разъ облилъ онъ холодной, чуть не ледяной водой горячую голову и освѣжительная, веселая бодрость разлилась по всему его тѣлу.

Нѣсколько разъ, въ то время, когда онъ одѣвался, воспоминаніе объ его удивительномъ, странномъ снѣ всплывало въ его памяти и каждый разъ, вмѣстѣ съ этимъ воспоминаніемъ, являлось то чувство томящаго наслажденія, съ которымъ онъ проснулся.

Онъ ясно сознавалъ громадную, неизмѣримую разницу между настоящимъ ощущеніемъ бодрости, свѣжести во всѣхъ членахъ и тѣмъ совершенно особеннымъ состояніемъ, которое навѣялъ на него сонъ.

Онъ смутно вспомнилъ, что подобное состояніе онъ испытывалъ когда—то, давнымъ давно, въ пору глупаго дѣтства... Когда онъ былъ неистово восторженъ и наивно мечтателенъ.

И какимъ образомъ явился этотъ странный сонъ? Такой

связный и такой сказочно—дѣтскій?! Вѣдь онъ ничего не думалъ подобнаго во время дня...

— Просто ерунда!— сказалъ онъ и, повязывая бѣлый галстукъ съ огромнымъ, широкимъ бантомъ, машинально подошелъ къ письменному столу и также машинально взглядъ его упалъ на вчерашній рисунокъ подвязки. При этомъ взглядѣ всякое воспоминаніе о странномъ снѣ окончательно улетѣло. Не докончивъ банта, онъ быстро, порывисто схватилъ карандашъ, поправилъ рисунокъ, затѣмъ медленно отступая и не переставая любоваться на него, закончилъ завязку банта. Потомъ онъ подошелъ къ зеркалу и осмотрѣлся. Надѣлъ бархатный, артистическій пиджакъ, опять осмотрѣлся, оправился. Тщательно сложилъ и спряталъ въ бумажникъ croquis своей фантазіи и, наскоро справившись съ чаемъ, быстро накинулъ шубку и отправился заказывать цѣпочку. Но на половинѣ дороги онъ быстро подскочилъ, остановилъ извозчика, отчаянно, съ трескомъ выругался и велѣлъ ѣхать совсѣмъ въ другую сторону.

Онъ вспомнилъ о вчерашней запискѣ, о долгѣ и отправился къ доброму пріятелю добывать деньги...

Извозчикъ, на которомъ онъ ѣхалъ, везъ его ужасно тихо. Онъ волновался, бранился и погонялъ его.

День былъ солнечный; яркое солнце сильно пекло. Оно отразилось въ одномъ изъ зеркальныхъ оконъ и сверкнуло прямо въ глаза Папильону, и этотъ внезапный свѣтъ напомнилъ ему его странный сонъ.

110

На одно мгновенье промелькнуло въ его сердцѣ то чувство, которое поглотило его во время сна, — то дѣтски — радостное, свѣтлое чувство, которое вызвало такія восторженныя слезы на его глаза.

А кругомъ его шла та — же суетня. Гремѣли колеса, кричали люди. Экипажи катились, катились безъ конца и перегоняли другъ друга.

"Мы точно извозчики — думалъ Папильонъ — перегоняемъ другъ друга и лѣземъ куда — то на гору... И кто влѣзъ выше другихъ, тотъ и блаженъ... Ѣсть пряники и пиршествуетъ... И эта общая погоня за жирнымъ кускомъ совершенно законна, естественна, реальна, а мой сонъ... это — какая — то ребячья игрушка!.. Вздоръ!.. Невообразимая чепуха!!."

Но думая это, онъ не могъ отрѣшиться отъ того сладостнаго чувства, которое являлось въ его сердцѣ, при одномъ воспоминаніи объ этой "невообразимой чепухѣ".

www.ingramcontent.com/pod-product-compliance
Lightning Source LLC
Chambersburg PA
CBHW050309260626
47156CB00005B/1729